水源优化管理

朱永庚　　王立林　　杨德龙　　朱云波 等/编著

天津大学出版社
TIANJIN UNIVERSITY PRESS

内 容 提 要

　　《水源优化管理》是推行水管工作的基础，是实现各项工作任务、落实各项管理工作的保障。本书是水管单位精细化管理系列丛书之八，在编写过程中紧紧围绕水管工作的重点，细化和量化各项管理工作，结合多年来的实际工作经验，阐述了输水调度管理、水文测验工作管理、水质监测管理、水污染防治、应急管理、防汛工作、考核管理及日常管理等方面的管理经验和做法，是多年工作成果的总结汇编。

　　本书可供相关单位从事水管工作的人员借鉴参考。

图书在版编目(CIP)数据

　水源优化管理/朱永庚等编著. —天津:天津大学
出版社,2010.3
　(水管单位精细化管理系列丛书:8)
　ISBN 978-7-5618-3411-4

　Ⅰ.①水…　Ⅱ.①朱…　Ⅲ.①水源—水资源管理
Ⅳ.①TV213.4

　中国版本图书馆 CIP 数据核字(2010) 第 022276 号

出版发行	天津大学出版社
出 版 人	杨欢
地　　址	天津市卫津路 92 号天津大学内(邮编:300072)
电　　话	发行部:022－27403647　邮购部:022－27402742
印　　刷	昌黎太阳红彩色印刷有限责任公司
经　　销	全国各地新华书店
开　　本	185mm×260mm
印　　张	10.75
字　　数	268 千
版　　次	2010 年 3 月第 1 版
印　　次	2010 年 3 月第 1 次
定　　价	30.00 元

本书编委会

前　言

　　天津市引滦工程尔王庄管理处（以下简称我处），管辖着 8 座泵站、17 座水闸、18.129 km 明渠、6.479 km 暗渠和一座中型调蓄水库，是引滦入津的重要枢纽工程，常年肩负着向天津市区和滨海新区供水的任务。按照我处的治水思路和引滦"三大发展规划"的建设要求，我处从 2007 年开始全面推行了精细化管理，经过两年多的探索与实践，已经形成了一套比较适合于水管单位管理发展的现代化管理模式。本次推出的"水管单位精细化管理系列丛书"就是依托我处的管理模式编写的。

　　当今水资源越来越缺乏，我们推行"水源优化管理"就是要细化水管工作，通过流程化管理模式和信息化手段，减少输水过程中的损耗和水质污染，确保输水安全。

　　"水源优化管理"要求水管工作实行科学化、规范化、标准化、精细化管理模式。输水工作采取科学优化调度，以达到节能降耗的目的；水文测验工作实行定时观测，保证数据准确，记录详细；水质监测工作实行规范化操作流程，严格执行各项化验制度；应急管理工作实行常态化管理模式，明确各应急小组职责，不断完善预案内容，使预案切合实际并具有可操作性，定期组织培训与演练；防汛抢险工作，防汛物资实行网络调拨，汛前、汛后进行检查，对出现的问题要及时整改，总结上报；日常管理工作分工明确，突出重点，条理清晰。

　　《水源优化管理》涵盖了我处水管工作的各项任务和目标，并将水管工作内容层层分解、量化到人，做到事事有人管、事事有人抓，集合大家的力量把各项工作做实、做细。本书从输水调度管理、水文测验工作管理、水质监测管理、水污染防治、应急管理、防汛工作、考核管理和日常管理等方面阐述了水管工作的流程化管理模式，对水管单位施行高效管理机制具有重要的指导意义，同时对相关单位的水管工作人员也有很强的借鉴作用。

　　由于编写时间仓促，本书难免会存在不妥之处，敬请广大同行和各位读者提出宝贵意见，以利于我们在今后的工作中进一步修改和完善。

编　者

2009 年 9 月

目　录

第一章 概述

1

第一节 水资源情况

一、天津水资源情况

水资源是基础性自然资源、战略性经济资源，水资源安全将直接影响社会经济安全。在我国，水资源属于短缺资源，它已成为可持续发展的重要制约因素，水资源短缺的问题已经突显。

（一）水资源形势

天津是我国北方地区水资源最为紧缺的地区之一，水资源总量多年平均值为 18.16 亿 m³（不含入境水量），人均水资源量为 160m³，仅为全国人均水资源占有量的 7%，是全国人均水资源占有量最少的地区之一。多年来，天津不得不以牺牲生态环境为代价来维持供需平衡，年均超采深层地下水 2.75 亿 m³，直接引用城市污水灌溉农田 6.91 亿 m³。为解决天津水资源危机，国务院决定"引滦入津"。

据天津市水资源状况分析报告显示，2007 年全市平均降水量为 512.4mm，比多年平均值偏少 10.9%；全市十三座大中型水库年末蓄水量为 5.78 亿 m³，比上年减少 0.27 亿 m³；平原淡水区浅层地下水年末存储量比年初减少 0.16 亿 m³；全市用水消耗量为 16.04 亿 m³，耗水率为 69%。

（二）水环境情况

近几年来，通过对于桥水库和引滦沿线水质监测结果表明，引滦水质已从过去的 Ⅱ 类水降低为 Ⅲ 类水，有的断面有时为 Ⅳ 类水，呈逐步恶化趋势。其根源在于引滦入津源水水质的恶化。

据天津市水资源状况分析报告显示，2007 年全市地表水水质监测河长 870.3km，其中 Ⅱ 类水河长 94.9km，占评价河长的 10.9%，Ⅲ 类水河长 105.9km，占评价河长的 12.2%，劣 Ⅳ 类水河长 669.5km，占评价河长的 76.9%，全市河流污染比较严重。主要饮用水源地于桥水库、尔王庄水库虽然符合 Ⅲ 类水标准，但已处于轻度富营养化状态。

面对如此严重的缺水危机和水环境情况，我处作为天津市的供水枢纽，实行水资源优化管理具有重大意义。

二、引滦入津工程

"引滦入津"工程是将滦河水引入海河水系，为天津市供水的系统工程，它由引水、蓄水、输水、净水和配水等多项工程组成。

（一）工程概况

"引滦入津"工程是将潘家口水库下泄之水经大黑汀水库反调节抬高水位后，送入引滦总干渠，经分水枢纽闸向天津市供水。

"引滦入津"自引滦总干渠 0+500 处为起点，首先经过位于河北省迁西县的滦河、黎河分水岭，穿越长 12.39km 的引水隧洞后，流入河北省遵化市境内 57.6km 的黎河干流；顺流而下注入天津市蓟县境内的于桥水库，库区长 26km；出于桥水库后，经 34.1km 的州河暗渠进入引滦明渠，明渠全长 47.2km，连接着潮白河、尔王庄、宜兴埠三级提升泵站，尔王庄建有一座调蓄水库；明渠自尔王庄泵站以下分为两路，一路由明渠至大张庄泵站，穿永定新河倒虹进入新引河，经北辰区屈家店枢纽闸雍水，顺北运河南下到市区汇入海河，另一路由尔王庄暗渠泵站加压，经 25.6km 暗渠直至市自来水公司管理的宜兴埠泵站，然后进入西河水厂及新开河水厂。整个"引滦入津"工程输水线路全长 234km。

（二）水资源情况

潘家口水库是"引滦入津"工程的源头，而于桥水库是天津市的主要水源地，自 20 世纪 90 年代，华北地区连续干旱，1997 年这两座水库进入枯水期，入库水量大幅度减少，已无法满足天津市的用水需求，天津市面临着缺水危机。为应对严峻的缺水局面，天津市政府采取了一系列措施，加强计划用水，加大节约用水力度，压缩用水指标，停止于桥水库农业用水，压缩引滦菜田供水。从 2000 年起，天津市日供水量已由正常的 220 万 m³ 逐步压缩到 152 万 m³。尽管如此，仍不能满足天津市的用水需求，存在用水高峰期（4~7 月）的供水缺口。为解决天津市的缺水危机，经国务院同意，国家防总、水利部分别于 2000、2002、2003、2004 年组织实施了 4 次引黄济津应急调水，虽然暂时缓解了天津的用水危机，但缺水形势依然严峻。

面对如此紧张的水资源缺乏问题，我处作为"引滦入津"工程的重要枢纽，加强水资源的法制管理、制度管理、规范管理、科学管理尤其重要。因此，我处提出了水源优化管理，其目的在于通过精细化管理手段，加强输水的日常管理，运用科学手段优化调度、节水降耗。

第二节 管理模式

一、管理部门

我处下设输水调度管理科（简称水管科），主要负责输水调度、水文测验、水质监测、水量计量等工作的日常管理和考核检查，负责对辖区工情、水情、雨情及周边水环境等信息的收集、分析和整理工作，负责全处的防汛工作。下设水调组和水质组，水调组负责日常输水调度、水文测验、输水计量及供水突发事件应急调度工作；水质组负责日常水质监测、周边水环境监测、水质监测站管理及供水突发事件水质监测、送检工作。

二、管理模式

水管科是我处四大职能科室之一，负责辖区范围内的水情、工情、输水、工程建设、水事案件、水污染事件等情况收集并上报，其他部门的工程施工、巡视检查等情况必须向水管科汇报并备案。在输水调度方面，水管科在接到引滦工管处下达的调令后，拟写调度通知，经过科长、处长审批后，调度泵站运行部门。在水质监测方面，水质化验人员每周三、五、日进行临时化验，每月1日、15日进行常规化验，每月25日对周边水环境进行化验。水管科作为我处应急管理指挥办公室，还承担着防汛工作、供水突发事件的应急指挥调度及水质监测、送检工作，下设的8个应急小组同属应急办调度指挥。

三、管理情况

我处作为"引滦入津"工程的重要水利枢纽，管辖着18.129km的明渠、6.479km的暗渠、8座泵站及1座平原水库，肩负着常年向天津市区和滨海新区的输水任务，并对辖区内的水工设施、明渠、水库进行日常维护管理。我处水管科根据引滦工管处水管科调令负责日常的输水调度，负责对明渠、水库及周边水环境（北京排污河和青龙湾河）水质进行 11 项监测。在管理方面实行应急管理常态化，采取科学优化调度，水质监测实行定期监测，掌握第一手资料，及时向上级主管部门反馈，并对各项监测数据进行分析整编。针对水库水草生长旺盛期，水质化验人员侧重对溶解氧、高锰酸盐、pH 值的监测，第一时间了解水质情况，及时采取应对措施。从整体管理方面，水源优化管理实行精细化管理手段，加大查水护水力度，做到在安全输水上不出任何问题。

四、管理经验

我处水管工作近年采取科学调水、优化调度，根据上游来水量密切关注明渠站前水位变化，合理调整开机台数和运行角度，科学优化运行水位为 $-0.2 \sim 0.2 \mathrm{m}$，计算不同水位时上游明渠的槽蓄量及水头传播时间，根据滨海各泵站的日用水量，合理控制运行水位，达到各泵站节能降耗的目的。

精细化管理广泛应用于输水调度、水质监测、日常管理工作中。输水调度工作实行流程化管理，水质监测实行规范化管理，建立健全各项规章制度，各种化验药品实行标签定位管理，日常管理工作实行量化、细化、责任到人，各种仪器设备设专人管理，做到各项业务和日常工作紧密相连，达到无缝隙的管理模式。水管人员深入各泵站，了解机组和水工设施的运行状况，加强各相关部门的联系与沟通，做到及时上报与反馈水情信息，对上游来水实行优化合理调度，确保引滦沿线输水安全。

五、管理工作内容及存在问题

水管科管理工作内容包括科室日常工作，输水调度、水文测验、水质监测、输水计量工作，信息编报、水文资料整理、校核、上报工作，化验结果校核、汇总、上报及实验室质量控制工作，原始资料整编、管理工作，仪器设备管理工作以及应急管理和防汛工作。各项工作都设专人管理，严格遵循《水管科精细化管理实施细则》。

虽然我处的精细化管理工作取得了一定的成绩，但在日常管理工作中还存在一些问题。在输水调度方面，天津市水务局水调处根据天津市用水量及防汛情况，下达用水指标到引滦工管处，通过引滦工管处水管科下调令到我处水管科，我处水管科再根据引滦工管处水管科调令、周边泵站用水量及水库蓄水情况适时调整暗渠泵站开机台数。因此，水管科没有真正的水量调度权，这就为泵站经济运行带来了弊端，增加了调度难度，很难使经济运行效益达到最大化。

第三节　岗位设置及职责

一、岗位设置

水管科设科长岗，副科长岗，水文调度管理一岗、水文调度管理三岗（1）、水文调度管理三岗（2）、水文调度管理三岗（3），水质化验管理二岗（1）、水质化验管理二岗（2）、水质化验管理三岗（1）、水质化验管理三岗（2）、水质化验管理三岗（3）。

二、科室职责

（1）负责编制本专业发展规划，制定确保安全输水的各项规章制度。

根据建设现代化"引滦入津"工程的总体要求，制定水文、水质专业发展规划；制定输水调度、水质监测等各项工作规章制度，进行日常管理及考核。

（2）负责输水调度管理工作。

及时掌握与输水安全密切相关的工情、水情、雨情、周边水环境等信息，为调度决策提供依据，并根据上级下达的供水任务制定科学的输水调度方案，确保安全输水。

（3）负责水质监测管理工作。

进行水质现状监测数据的登记填报、评价和变化趋势的分析。

（4）负责水文测验管理工作。

对水文测验数据进行分析，作出影响输水的判断，为安全输水提供保障。

（5）负责本部门安全生产工作。

负责本部门安全生产制度建设、安全生产检查与职工教育培训工作，建立药品安全使用、管理档案。

（6）负责输水计量管理工作。

每日8时准确记录暗渠入津和滨海各泵站的输水量，并以水情拍报的形式上报引滦工管处水管科。

（7）负责全处防汛工作。

每年5月上旬进行汛前检查，查找工程隐患并及时修复，制定防汛抢险预案，组织培训演练。

（8）完成领导交办的临时性工作。

按时、按质、按量完成领导交办的临时工作，有问题及时与领导沟通。

三、岗位职责

1. 科长岗岗位职责

（1）负责制定年度工作标准。

（2）负责科室日常工作。

（3）负责安全生产工作。

（4）负责输水调度、水文测验、水质监测管理工作。

（5）负责输水计量审核管理工作。

（6）负责输水调度运行方式的制定和调整工作。

（7）负责全处防汛工作。

2. 副科长岗岗位职责

（1）负责水质监测管理工作，并对发生的水质异常情况进行分析与判断。

（2）负责资料整理归档管理工作。

（3）负责输水调度、水文测验、水质监测管理工作。

（4）负责输水调度运行方式的制定和调整工作。

（5）负责输水计量审核管理工作。

（6）负责信息编报工作。

（7）完成领导交办的临时性工作。

3. 水文调度管理一岗岗位职责

（1）负责水文专业管理工作。

（2）负责输水调度工作。

（3）负责水文测验工作。

（4）负责水文资料整理、校核、上报工作。

4. 水文调度管理三岗（1）岗位职责

（1）负责输水调度工作。

（2）负责水文测验工作。

（3）负责水文资料整理、校核、上报工作。

（4）负责部门绩效考核工作。

（5）负责水文资料整编工作。

（6）负责办公环境管理工作。

（7）完成领导交办的临时性工作。

5. 水文调度管理三岗（2）岗位职责

（1）负责输水调度工作。

（2）负责水文测验工作。

（3）负责水文资料整理、校核、上报工作。

（4）负责输水量的统计工作。

（5）负责仪器设备管理工作。

（6）负责办公环境管理工作。

（7）完成领导交办的临时性工作。

6. 水文调度管理三岗（3）岗位职责

（1）负责输水调度工作。

（2）负责水文测验工作。

（3）负责水文资料整理、校核、上报工作。

（4）负责输水量的统计工作。

（5）负责本科室的资料整理归档工作。

（6）负责办公环境管理工作。

（7）完成领导交办的临时性工作。

7. 水质化验管理二岗（1）岗位职责

（1）负责水质专业的管理工作。

（2）负责水质监测工作。

（3）负责部门培训工作。

（4）负责信息编报工作。

（5）负责考勤管理工作。

（6）负责自查资料整编管理工作。

（7）负责办公环境管理工作。

（8）完成领导交办的临时性工作。

8. 水质化验管理二岗（2）岗位职责

（1）负责水质监测工作。

（2）负责化验结果校核、汇总、上报工作。

（3）负责原始资料管理工作。

（4）负责实验室质量控制工作。

（5）负责办公环境管理工作。

（6）完成领导交办的临时性工作。

9. 水质化验管理三岗（1）岗位职责

（1）负责水质监测工作。

（2）负责化验结果校核、汇总、上报工作。

（3）负责仪器设备管理工作。

（4）负责水质资料整编工作。

（5）负责办公环境管理工作。

（6）完成领导交办的临时性工作。

10. 水质化验管理三岗（2）岗位职责

（1）负责水质监测工作。

（2）负责水质资料整编工作。

（3）负责安全生产工作。

（4）负责化验药品管理工作。

（5）负责办公环境管理工作。

（6）完成领导交办的临时性工作

11. 水质化验管理三岗（3）岗位职责

（1）负责水质监测工作。

（2）负责化验结果校核、汇总、上报工作。

（3）负责科室印章管理工作。

（4）负责水质资料整编工作。

（5）负责办公环境管理工作。

（6）完成领导交办的临时性工作。

第二章 输水调度管理

2

第一节 输水调度工作

我处输水调度是根据于桥水库的放水量及我处周边泵站的需水量，来调节暗渠泵站开机台数和叶片角度的。其中，暗渠泵站负责向天津市区供水和补库，滨海新区泵站和入塘泵站负责向塘沽区供水，入汉泵站负责向汉沽区供水，入开泵站负责向开发区供水，入杨泵站负责向武清区逸仙园开发区供水，入港泵站负责向大港区供水，入聚泵站负责向大港油田及周边企业供水。我处自流道过量 $20m^3/s$，在海河补水期间，根据海河需水量，适时关闭自流道，开启明渠泵站。暗渠泵站、入开泵站、入塘泵站、入港泵站、入聚泵站常年运行，其他泵站根据需水量适时开停机组。

一、调度内容

1. 正常供水

（1）于桥水库放量 $18m^3/s$，暗渠泵站开启三台机组向天津市区供水，瞬时流量 $11.4\sim16.2m^3/s$，根据周边泵站的需水量，适时调整暗渠泵站开机角度，调角范围 $-6°\sim+2°$。

（2）于桥水库放量 $33m^3/s$，暗渠泵站开启六台机组向天津市区供水，余量补库，瞬时流量 $22.8\sim30m^3/s$，根据周边泵站的需水量，适时调整暗渠泵站开机角度，调角范围 $-6°\sim0°$。

（3）正常供水时的其他放量，可由调度员根据周边泵站的需水量，适时调整暗渠泵站开机台数和开机角度，视具体情况进行调度。

2. 海河补水

（1）于桥水库放量 $33m^3/s$，海河补水需水量 $15m^3/s$，开启防洪闸中孔，开启北排倒虹吸进、出口闸三孔，暗渠泵站开启三台机组，根据周边泵站的需水量，适时调整暗渠泵站开机角度，调角范围 $-6°\sim+2°$。

（2）于桥水库放量 $33m^3/s$，海河补水需水量 $30m^3/s$，关闭自流道闸，明渠泵站开启三台机组，开启防洪闸三孔，开启北排倒虹吸进、出口闸三孔，关闭暗渠泵站，天津市区供水由水库调节。

（3）于桥水库放量 $50m^3/s$，海河补水需水量 $30m^3/s$，关闭自流道闸，明渠泵站开启三台机组，开启防洪闸三孔，开启北排倒虹吸进、出口闸三孔，暗渠泵站开启三台机组，根据周边泵站的需水量，适时调整暗渠泵站开机角度，调角范围−6°～+2°。

（4）海河补水时的其他放量，调度员可根据海河补水需水量，选择是否关闭自流道闸、开启明渠泵站，防洪闸开启孔数和开启高度，暗渠泵站开机台数和开机角度，视具体情况进行调度。

3. 突发事件应急调度

我处水管科是突发事件应急办公室，负责供水突发事件的应急调度。突发事件发生后，经确认视具体情况，经总指挥批准报引滦工管处应急办公室同意，启动应急输水调度预案。根据调度方案，拟写调度通知，经科长审查后下达到泵站所立即执行，泵站所管辖暗渠泵站或水闸班操作完毕后将执行情况反馈应急办公室，由应急办公室调度员将执行情况反馈引滦工管处应急办公室。同时，调度员应作好详细记录。

二、调度模式

1. 一级调度

引滦工管处水管科根据天津市水务局水源调度处调度任务拟写调令，下达到我处水管科。

2. 二级调度

我处水管科根据引滦工管处水管科调令，拟写调度通知，然后下达到泵站所，由泵站所所长通知暗渠泵站、明渠泵站或水闸班按调度令进行操作。

3. 滨海水业集团生产管理中心调度

滨海水业集团生产管理中心，根据用水户的需水量拟写调令，然后下达到我处水管科，水管科根据调令内容，通知相应滨海泵站开停机组，并详细记录执行情况。

三、调度员规定

（1）调度员接到引滦工管处调令后，立即上报科长并确认调令的可执行性，确认后，根据当前水情情况，调度员拟写调度通知，经科长审核并签字，报主管处长批准执行，20min 内下达到运行部门；在接到滨海水业集团生产管理中心调令后，确认调令并在 10min 内通知滨海泵站，详细记录执行情况。

（2）调度员要随时掌握辖区内水情信息，及时与暗渠泵站联系沟通，确认泵站可运行的机组台数，合理制定调度方案，保证明渠站前水位在 -0.50~0.50m 之间运行。

（3）调度员在拟写完调度通知后，如遇节假日或是主管处长有事外出，科长审批签字后，再由值班处领导审批签字，然后下发。

（4）泵站在接到水管科调度通知后，确认运行方案并按内容认真操作，操作完毕后将执行信息反馈到水管科，调度人员接到反馈信息后，5min 内将执行情况反馈到引滦工管处水管科，并作好记录。

四、调度流程

输水调度流程如图 2-1 所示。引滦工管处水管科向我处水管科下发调令，调度员根据引滦工管处调令拟写调度通知（见表 2-1），经科长、主管处长审批签字后下发到泵站所，由泵站所所长通知暗渠泵站或水闸班进行操作；滨海水业集团生产管理中心根据各用水户需水量，向我处水管科下发调令，调度员根据调令内容以电传形式通知滨海新区泵站开停机操作。由于滨海新区泵站用水量较少，调度频繁，所以不需要领导签字，但调度员要作好详细记录。输水调度管理流程工作记录如表 2-2 所示。

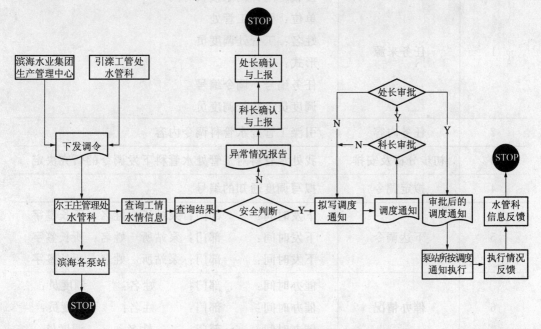

图 2-1　输水调度流程图

表 2-1　调度通知

发通知时间	年　月　日　时　分		
接收部门		接通知人	
调度员	调度员签字	批准人	科长签字
通知内容	拟写调度内容		
领导批示	处领导审批签字		
执行情况	泵站或水闸人员操作完毕后的反馈信息　　　　　　　　记录反馈人姓名和时间		
反馈信息	调度员将执行信息反馈引滦工管处水管科　　　　　　　　　　调度员签字		

表 2-2　输水调度管理流程工作记录

流程顺序	相关内容	流程记录
1	任务来源	接收时间：调令接收时间 单位：引滦工管处 姓名：工管处调度员 形式：电传 任务编号：调令编号 调度员：我处调度员
2	任务内容	引滦工管处水管科调令内容
3	初步分析及安排	我处水管科对工管处水管科下发调令的研究决定
4	拟定调令	拟写调度通知的编号
5	下达调令	下发时间：　　　部门：泵站所　姓名：所长签字 下发时间：　　　部门：泵站所　姓名：所长签字 下发时间：　　　部门：泵站所　姓名：所长签字
6	催办情况	催办时间：　　部门：　　姓名：　　调度员： 催办时间：　　部门：　　姓名：　　调度员： 催办时间：　　部门：　　姓名：　　调度员：

流程顺序	相关内容	流程记录
7	调令反馈	反馈时间：　　　单位：泵站所　姓名：所长签字 调度员：调度员签字　　　内容：执行情况 反馈时间：　　　单位：泵站所　姓名：所长签字 调度员：调度员签字　　　内容：执行情况 反馈时间：　　　单位：泵站所　姓名：所长签字 调度员：调度员签字　　　内容：执行情况
8	上传信息	上传时间：　　　姓名：水管科科长签字 上传时间：　　　姓名：水管科科长签字 上传时间：　　　姓名：水管科科长签字

五、信息系统输水调度管理

引滦工管处水管科除了以电传形式给我处水管科下达调令外，还利用引滦管理信息系统下达调令，调令执行程序实行同步执行方式。调度员进入信息系统后，在主页面工程运行管理菜单下进入输水调度，调度通知的拟写、审批、下发、调度流程和纸制调度通知相同。我处自行调节的内部调令也实行同步执行方式，调度通知的拟写、审批、下发、调度流程和纸制调度通知相同。

第二节　水资源优化调度

我处作为引滦供水枢纽是由 8 座泵站、1 座水库、输水明渠、暗渠和 17 座闸涵组成的输水系统，水库、泵站、自流道、暗渠、明渠和相关闸涵是构成输水系统的子系统。对于我处输水系统，优化调度针对的是暗渠泵站，尤其是对暗渠泵站运行的调节，采用优化调度是至关重要的，调度员必须掌握各个工程的技术参数。

一、工程技术指标

1. 引水渠道基本情况

（1）引青入潮倒虹出口至我处站前明渠长度 11.907km，渠底宽度 22m，坡降 1/20 000，糙率 0.022 5（1/n = 44.4），设计流量 50m³/s，设计流速 0.5～0.55m/s，明渠运行水位一般在 −0.2～0.2m，控制运行水位 −0.5～0.5m。

（2）我处至北京排污河倒虹进口以下明渠长度 6.222km，渠底宽度 11m，边坡均为 1∶3，糙率 0.022 5，设计流量 30m³/s，设计流速 0.5～0.55m/s。

（3）我处以下暗渠长度 6.479km，设计流量 19.1m³/s。明渠泵站的左侧建有自流道，设计流量 12m³/s，校核流量 20m³/s。

2. 水库基本情况

水库设计高水位 5.5m，总库容 4 530 万 m³，有效库容 3 868 万 m³，死水位 2.0m，死库容 662 万 m³。年平均降水量 570.1mm，一号闸泄水的最大流量为 29.19m³/s。水库水位和库容之间的关系如表 2-3 和图 2-2 所示。

表 2-3　尔王庄水库水位与容积的关系

水位（m）	1.40	2.0	2.5	3.0	4.0	5.0	5.5
容积（万 m³）	0	662.0	1 215.5	1 768.0	2 873.0	3 978.0	4 530.5

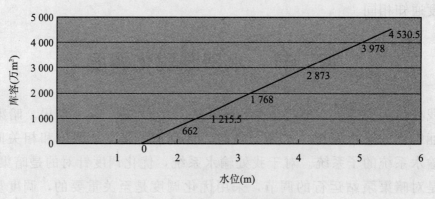

图 2-2　水库水位与容积关系图

3. 主要闸涵情况

我处供水枢纽工程设有 14 座闸涵，包括入塘节制闸、水库 1♯闸、水库 2♯闸、大尔路明渠侧 1♯闸和 2♯闸、入津侧 3♯闸和 4♯闸、水库尾水闸、防洪闸、北排倒虹进口闸和出口闸、联接井闸、北排暗渠倒虹闸、自流道闸。主要闸涵运行规则如下。

（1）入塘节制闸一般在工程检修或上游停水由尔王庄水库放水时启用，平时运用较少，此闸在尔王庄上游明渠 27＋010 处。

（2）水库 1♯ 闸位于水库南侧，该闸为常开闸门，主要是由暗渠泵站向水库补水及出库流量的控制闸门。

（3）水库 2♯ 闸位于水库东侧，该闸为常闭闸门，主要用于水库水冲洗入塘节制闸以下明渠。

（4）大尔路闸位于暗渠泵站下游，该闸的 3♯、4♯ 闸门在控制入津输水量及检修时使用，在上游明渠需要控制水位而关闭自流道闸的情况下，大尔路 1♯、2♯ 闸门可以放水库水作为入港、入聚、入杨泵站的水源。

（5）水库尾水闸位于我处厂区内，在暗渠泵站前池旁，上游停水的情况下，由此闸放水库水进明渠，作为入塘、入开、入汉、入港、入聚、入杨泵站的水源。

（6）防洪闸位于下游明渠 0＋351.5 处，其作用主要是防止分洪区的洪水淹没泵站和厂区，在海河补水期间控制下游明渠的放水量。

（7）北排倒虹进、出口闸位于明渠以下，北京排污河处，这两座闸一般在工程检修时使用，明渠输水时常开。

（8）联接井闸在我处院内，该闸主要在控制入津水量及工程检修时使用。

（9）北排暗渠倒虹闸主要是输水暗渠检修工作闸。

（10）自流道闸设计流量为 $17m^3/s$，校核流量为 $20m^3/s$，该闸的建设起到了节能降耗的作用。

4. 泵站情况

我处供水枢纽工程设有八座泵站，分别为明渠泵站、暗渠泵站、入开泵站、入汉泵站、入塘泵站、入港泵站、入聚泵站和入杨泵站。表 2-4 是明、暗渠泵站的主要技术参数，其中，暗渠泵站共有 10 台机组，7 台运行，3 台备用；明渠泵站共有 5 台机组，3 台运行，2 台备用。

表 2-4 明、暗渠泵站的主要技术指标

指 标	明渠泵站	暗渠泵站
泵站设计流量（m^3/s）	30	35
工作泵（台数）	3	7

续表

指　标	明渠泵站	暗渠泵站
设计扬程（m）	3.4	7
最大扬程（m）	5.41	10.6
可使用扬程范围（m）	3.06～5.41	4～9.6
流量范围（m³/s）	7.6～11.3	4～6
水泵设计点效率（%）	87.3	88.2
单机功耗（kW）	630	630
单机流量（m³/s）	9.92	5.8

暗渠泵站的出水结构比较复杂，10 台泵分为三种出水方式，2♯～6♯泵为溢流堰出水；1♯泵出水管的出口直接连通到溢流堰墙后的汇流槽，7♯泵出水口末端设有三通管，用蝶阀和出口平面闸门控制，可向压力箱或6♯泵出水溢流堰送水；8♯～10♯泵出水管均通入压力水箱。10 台水泵均可以向暗渠送水，也可向尔王庄水库补水。

暗渠泵站在实际运行中，由于泵站的开机完全是凭经验进行，各种人为的影响因素较多，机组的运行并不是在满足水流条件下的最优组合，因此必须采取科学优化调度。

二、优化调度

我处供水枢纽工程进行系统优化调度的关键，就是暗渠泵站在不同的上游来水量和下游需水量条件下，通过优选开泵台数、开泵叶角、可控水位等最优参数组合，来调节水库、明渠泵站、自流道的水量和水位，并且使暗渠泵站功耗最小，从而实现系统的优化调度运行，进而达到节能降耗的目的。

（一）水量与扬程及扬程与功耗的关系

以暗渠泵站 1♯泵为例，当叶片角度为 $-6°$ 时，水泵的净扬程 H（m）、出水量 Q（m³/s）、能耗 W（kW）有如表 2-5 所示的数据。

表 2-5　叶角为 −6° 时 1# 泵数据

净扬程 H（m）	2.715	3.591	3.772	3.987	4.918	5.526	5.928
+1.5m	4.215	5.091	5.272	5.487	6.418	7.026	7.428
出水量 Q（m³/s）	5.036	4.703	4.646	4.448	4.380	4.094	4.120
能耗 W（kW）	253.54	333.26	340.1	363.703	371.1	381.363	394.69

通过这些数据可以求出 $H\sim Q$、$W\sim H$ 的函数表达式分别为：

$$H\sim 1.232\,3Q^2 - 14.498\,2Q + 45.981\,7$$

$$W\sim 86H^3166.2H^2 + 1\,080H - 1\,992.6$$

整个暗渠泵站共有 10 台机组，每台水泵的叶角有 −6°、−4°、−2°、0°、+2° 和 +4° 六种调角方式。暗渠泵站 1# 泵在不同叶角下，及其他泵在不同叶角下均可以建立各机组的 $H\sim Q$ 函数表达式和 $W\sim H$ 函数表达式。

（二）优化调度系统的建立

1. 系统的实现

整个优化调度系统分为三部分：水库、暗渠泵站、明渠泵站（自流道）。这三部分的联系是"水量"，对于水库和暗渠泵站还包括"水位"。对于暗渠泵站本身，根据开机台数又分为若干个子系统，以一台水泵为最小单位，在计算时间段内考虑水库水位和前池水位的变化，并根据下游需水量和上游来水量的不同，调整暗渠泵站的抽水量。上游来水量是预知的，优化调度以优化暗渠泵站耗能为主要目标。整个输水系统中水库、渠道、泵站、闸涵等具体工程生成一级子系统，各泵站的每台水泵、各闸涵的每个闸门等构成二级子系统，每台水泵的叶角、每个闸门的开启高度等构成三级子系统，通过从下到上对各子系统的协调运行，来完成整个输水系统的优化调度。在满足供水要求的基础上，利用水泵叶片角度变化和抽水量的不同，在满足扬程要求下寻求耗能最小，如图 2-3 所示。

2. 优化计算

在进行优化计算时，首先要掌握暗渠泵站机组工作状态，只对正常运行的机组进行优化调度，不考虑检修机组。其次对上游来水量和明渠站前总流量进行分析，在确定来水量和站前流量后进行计算，根据计算结果调整水泵的运行情况。

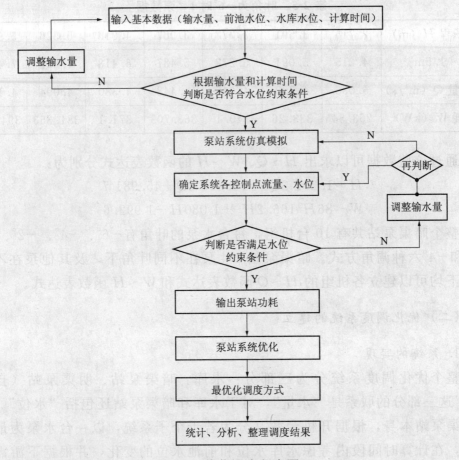

图 2-3　优化调度程序图

3. 优化开机次序

根据暗渠泵站的出水结构，受泵站出水溢流堰及压力箱布置的影响，不同机组优化组合，对出流流态、水头损失有明显影响。如果溢流堰打开后，使 2♯~6♯泵从堰顶溢流变为孔口淹没出流，就大大减少了水头损失；4♯、5♯泵出口正对暗渠，水头损失最小；7♯泵为正向孔口出流，由于孔口小，并且压力箱尺寸较小，出流得不到充分扩散，水流对下游侧壁冲击较强；1♯、10♯泵受出口 90°弯管影响，水头损失相对较大。因此，调度暗渠泵站开机优化运行次序为：4♯、5♯、9♯、8♯、6♯、7♯、2♯。在 10 台泵中，一般情况下最多只开这 7 台，1♯、3♯、10♯泵只作备用。

第三章 水文测验
工作管理

3

第一节　水文测验

我处辖区内共有 7 个水文断面，水文测验工作由水管科负责，主要任务是进行水位观测、流量巡回测验、降雨量观测、水库水面蒸发观测、气温观测、考证资料测量和水文资料分析整编，如表 3-1 和图 3-1 所示。它的作用是为安全输水和工程施工提供可靠依据。

表 3-1　测验项目表

站名	站号	断面名称	主要测验项目				
			降雨量	水位	流量	蒸发	冰清
尔王庄	30405300	尔王庄站前	√	√	√		
	30405301	尔王庄明渠泵站		√	√		
	30405302	尔王庄下游明渠		√	√		
	30405303	尔王庄暗渠泵站		√	√		
	30405304	尔王庄暗渠入津			√		
	30405305	尔王庄入库			√		
	30405306	尔王庄水库	√	√	√	√	√

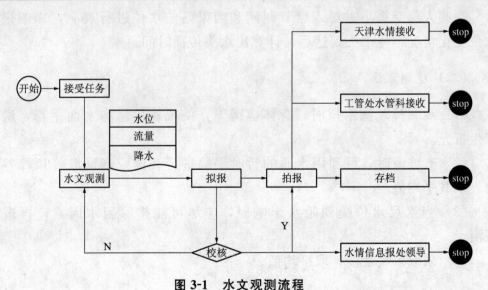

图 3-1　水文观测流程

一、水位观测

水位是河流或其他水体的自由水面相对于某一基面的高程，它是推算其他水文数据并掌握其变化过程的间接资料。水位的变化主要取决于水体自身水量的变化、约束水体条件的改变、水体受干扰的影响三方面因素。我处辖区内常用水位观测点有四处，即入塘节制闸闸上水位、明渠站前水位、防洪闸闸上水位和水库1♯闸闸上水位。明渠和水库水位的变化，主要受上游来水量、泵站抽水量、水库补库量和水库出库量的影响。正常情况下，明渠运行水位一般在 $-0.2 \sim 0.2$ m 之间，控制运行水位在 $-0.5 \sim 0.5$ m 之间，所以水位观测准确与否对于泵站的安全运行是至关重要的。观测工作由水文调度一岗、三岗（1）、三岗（2）、三岗（3）负责，实行值班人员负责制。

（一）观测时间

1. 水位平稳期

每天 8：00 时和 16：00 时分别对明渠站前水位、水库1♯闸闸上水位进行观测，观测时间不得超过 30min。

2. 水位变化期

观测人员要每小时对入塘节制闸和明渠站前水位进行观测，详细记录水位变化情况，待水头到达后，计算出水头传播时间。

（二）观测方法

（1）观测员观测水位时，身体应蹲下，使视线尽量与水面平行，避免产生折光。

（2）有波浪时，可利用水面的暂时平静进行观读或者读取峰顶峰谷水位，取其平均值。

（3）当水尺水位受到阻水影响时，应尽可能排除阻水因素，再进行观测。

（4）采取多次观读，取平均值。

（三）观测标准

（1）水位的基本定时观测时间为北京标准时间，观测人员应每天将使用的时钟与北京标准时间核对一次。

（2）水位观测读数要求精确至 0.01m。观测时，观测员必须携带观测记载簿准时测记水位，严禁追记、涂改和伪造，记录每处水位的观测读数。每月末进行水位统计，找出水位特征值，计算水位平均值，并绘制水位过程线。

（3）每年进行水文资料整编，对不同站次的特征值进行统计。

（4）每年汛前、汛后，或结冰前、结冰后对辖区内水位观测点水尺进行校测。我处对水尺测量一般采用三等水准和四等水准两种测量方法。三等水准测量用于接测基本水准点和校核水准点的高程；四等水准测量用于接测高程基点、固点和洪水痕迹的高程。

（四）冰期观测

在冰期对水位要加密观测，尤其是水库 1♯ 闸闸上水位和明渠站前水位。水库 1♯ 闸闸上有破冰设备，水尺不容易被冰推坏，但要经常注意破冰设备是否完好；明渠站前水尺无破冰设备，时常会结冰，观测人员要及时清除水尺上的冰凌，避免观测误差。

二、流量测验

流量是单位时间内流过某一过水断面的水体体积，单位是 m^3/s，它是反映水资源和江河、湖泊、水库等水量变化的基本资料，也是河流最重要的水文要素之一。流量的测验方法有流速面积法、水利学法、化学法、物理法、直接法测流。我处辖区内流量测验分别采用了流速面积法和物理法两种测流方法。

（一）观测地点

我处测站设立于 1983 年 9 月，所属海河流域、蓟运河水系，河名为引滦明渠，测站地点在天津市宝坻区尔王庄乡，东经 117°21′、北纬 39°24′，它是引滦专用水文站，采用黄海基面，测流地点设在引滦明渠小白庄桥，如图 3-2 所示。

（二）测流方法及时间

测流方法采用流速面积法，使用的设备是 LS68-1 型流速仪，辅助工具有秒表、计数器、铅鱼儿、米尺、电铃、尼龙绳等。为校测泵站输水流量的精确度,每季度对输水明渠进行测流;每年5月进行海河补水,这期间对明渠进行测流。测流工作由水文调度一岗、三岗(1)、三岗(2)、三岗(3)负责,三人到现场进行实测,一人留守办公室值班。

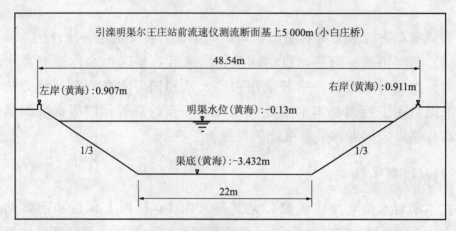

引滦明渠尔王庄站前流速仪测流断面基上5 000m(小白庄桥)

图 3-2　测流断面（小白庄桥）

（三）测流工作内容

1. 准备工作

测流前除对仪器测具进行检查准备外,还应对水情和本测次的要求有所了解,以便正确决定测验方法和相应措施,从而做到方法正确、测验及时、精确可靠。

2. 水位观测

测流开始和结束对水位进行观测,在一次测流的起止时间内,水位落差不应大于平均水深的10%。在水位陡涨陡落时,根据计算相应水位的需要增加测次。

3. 明渠断面测量

明渠断面测量包括各测线及两岸水边起点距的测量,各垂线水深的测量。当悬索偏角大于10°时,要测量悬索偏角。

4. 流速测量

在各垂线上测量所需的各点流速,如流向与断面垂直线的偏角大于10°时,要测量流向。

5. 现场检查

测验时对水深、流速纵向横向分布逐线逐点作合理性检查。

6. 计算、整理

测量成果要现场计算，及时整理，并作合理性检查，评定精度。

（四）测验要求

1. 方法选择

测流时应选用恰当的方法，尽量简化过程，争取把测流历时缩至最短。流速仪测流是精度较高的方法，但超过性能时，特别是低速，误差也会增大，因此，应因时因地选用测流方法。

2. 测次

流量测验次数，以满足确定水位流量关系曲线为原则。水文调度一岗、三岗（1）、三岗（2）、三岗（3）应全面了解测站特性，随时注意水情变化，布置流量测次，推求流量过程及各种特征值。

3. 测序

流量测验中，线点测序与相应水位的关系紧密相连。水位的误差在资料整理时可转化为流量的误差，因而要求有正确的水位。

4. 安全工作

测前要做好安全检查工作，要求准备充分，检查细致，使工作得以顺利进行。

（五）泵站及管道水量计量

（1）暗渠入津和入塘泵站输水量的计量，是利用管道内安装的超声波流量计，通过远程传输传送到水管科监控室。

（2）暗渠泵站、明渠泵站输水量，是通过水泵参数和开机角度，利用水力学公式计算得出。

（3）水库入库流量或出库流量，是通过暗渠泵站流量及暗渠入津流量均衡得出，暗渠泵站流量大于暗渠入津流量为入库，反之为出库。

（4）明渠站前流量，是通过暗渠泵站流量加上明渠下游入港、入聚、入杨三座泵站流量计算得出。

（5）入开、入汉、入港、入聚、入杨泵站输水量的计量，是利用管道连接处的电磁流量计，通过远程传输传到泵站监控室。

三、降雨观测

降雨观测也称降水量观测，分为降雨和降雪。降水是在一定时段内，从大气中降落到地表的液态和固体水所折算的水层深度。我处开展降水观测就是要系统地搜集储备降水资料，掌握降水在时间上的分布规律，以满足防汛、安全输水、输水计量工作的需要。降水观测采用的仪器设备是 SL1 型遥测雨量计，观测工作由水文调度一岗、三岗（1）、三岗（2）、三岗（3）负责，实行值班负责制。

（一）观测时间

每日 8：00 观测一次，有降水之日应在 20：00 巡视仪器设备运行情况，暴雨时适当增加巡视次数，以便及时发现和排除故障，防止漏记降雨过程。

（二）降雨量拍报

（1）当日雨量达 1mm 以上时（包括 1mm），每日 8：00 的降水量必须发报。

（2）降雨量拍报次数采用四级八段制，并按照不累计方式拍报。

（3）时段雨量采用 10mm 标准（包括 10mm），降水历时（DT）组不列报，暴雨加报采用 1 小时 30mm 的标准，需编报降水历时。

（4）每月 11 日、21 日、次月 1 日 8：00，需拍发旬、月降雨量电报，旬、月无雨仍需列报。

（5）当发生降雹情况时，在降雹停止后立即发雹情电报。

（三）观测程序

（1）观测前，在记录纸正面填写观测日期和月份，洗净备用量水杯和储水器。

（2）每日 8：00 观测前，观测员提前到观测场巡视传感器工作是否正常，承雨器口内如有虫、草等昆虫、杂物应及时清除。当时钟指到 8：00 整时，立即对准记录笔尖所在位置，在记录纸零刻度线上画时间记号，然后更换记录纸，并对准记录笔开始记录的时间画时间记号。有降水之日，应在 20：00 巡视仪器时，画注时间记号。

（3）换纸时无雨，应在换纸前慢慢注入一定量清水，检查仪器运转是否正常，若有故障，先排除故障，然后换纸。

（4）有降水之日，应在 8：00 读记计数器上显示的日降水量，然后按动按钮，将计数器上显示的五个数字全部回复到零。

（四）更换记录纸

（1）换装在钟筒上的记录纸，其底边必须与钟筒下缘对齐，纸面平整，纸头和纸尾的纵横坐标衔接。

（2）若有雨，应在每日8：00换纸；换纸时若无雨，应在换纸前拧动笔位调整旋钮，将笔尖粗细调至9～9.5mm处，按动底板上的回零按钮，准确地把笔尖调至零线上，然后换纸。

（五）观测注意事项

（1）要保持翻斗内壁清洁、无油污，翻斗内如有脏物，可用水冲洗，禁止用手或其他物体抹拭。

（2）计数翻斗与计量翻斗在无雨时应保持同倾于一侧，以便有雨时计数翻斗与计量翻斗同时启动，第一斗即送出脉冲信号。

（3）要保持基点长期不变，调节翻斗容量的两对定位螺钉的锁紧螺帽应拧紧。观测检查时，如发现任何一个有松动现象，应注水检查仪器基点是否正确。

（4）定期检查干电池电压，如电压低于允许值，应更换全部电池，以保证仪器正常工作。

（六）雨量计的校检

雨量计由水管科自行校检，时间定在每年4月初，校检工作由水文调度一岗主要负责，水文调度三岗（1）协助。除此之外，对雨量计经常进行比测，在大雨或暴雨过后要及时检查。

四、水面蒸发观测

水面蒸发观测是在一定时段内，由地表水体的自由水面逸入大气的水量。水面蒸发是水循环过程中的一个重要环节。我处开展水库水面蒸发观测工作，是为了掌握水库水面蒸发在时间上的分布规律，为我处输水计量工作提供可靠的依据。我处采用的是E-601型蒸发器，观测工作由水文调度一岗主要负责，周六、日及放假期间由在岗水文水调值班人员负责。

（一）观测时间

（1）水面蒸发量于每日8：00观测一次。观测人员在定时观测前到达观测场地，检查各项仪器设备是否良好。观测时如遇降雨，在降雨停止后立即进行观测。

（2）在暴雨时，蒸发器水面将升高很多，可能出现雨水溅进器内、器内水量泼出的现象，或溢流桶盛满外溢，适时从蒸发器内汲出定量的水或加测溢流桶的水量。

（3）预测大风大雨即将到来时可提前观测，在观测时出现大风大雨可推后观测，观测时间不能大于±2小时，观测到的数据仍为当日量，观测时间大于±2小时时，可不测，于次日观测量合并。

（4）冰期改用20cm的蒸发皿观测，两种仪器的更换日期在12月初。蒸发量很小时，可2～5日观测一次。

（5）观测时蒸发器水面覆有薄冰，可在解冰时间进行观测。在短期内蒸发器中结有冰盖，即停止观测，待冰盖全部溶解后，观测结冰期内的蒸发总量。

（二）观测精度

蒸发量以mm计，测记至0.1mm。

（三）观测程序

在每次观测前，巡视观测场，检查仪器设备。如发现不正常情况，应在观测前予以解决。若某一仪器不能在观测前恢复正常状态，立即更换仪器，并将情况记在观测记载薄内。在没有备用仪器更换时，采取临时补救措施并报主管处领导。

（四）观测用水要求

（1）观测用水取用引滦明渠水体。

（2）蒸发器中的水要经常保持清洁，随时捞取漂浮物，发现器内水体变色、有味或器壁上出现青苔时应立即换水，换水应在观测后进行，换水后记水面高度。

（3）水圈内的水也要大体保持清洁。

（4）在测记水面高度后，目测针尖或水面标志线露出或没入水面是否超过1cm，超过时向桶内加水或汲水，使水面与针尖（或水面标志线）齐平。

（五）观测要求

（1）将测针插到测针座的插孔内，使测针底盘紧靠测针座表面，将音响器的极片放入蒸发器的水中。先把测针调离水面，将静水器调到恰好露出水面，待静水器水面平静后旋转测针顶部的刻度圆盘，使测针向下移动。当听到讯号后，将刻度圆盘反向转动，直至音响停止后再正向旋转刻度盘，第二次听到讯号后立即停止并读数。每次观测应测读两次，要求读至0.1mm，两次读数差不大于0.2mm，取平均值。

（2）在测记水面高度后，目测针尖或水面标志线露出或没入水面是否超过1.0cm。超过时向桶内加水，使水面与针尖齐平。每次调整水面后，都应按上述要求测读调整后的水面高度两次，并记入记载簿中，作为次日计算蒸发量的起点。

（3）遇降雨溢流时，测记溢流量。溢流量可用量杯量读，折算成与E-601型蒸发器相应的毫米数，精度满足0.1mm。

五、气温观测

气温观测是我处水文观测的一项辅助观测项目，观测任务由水文调度三岗（2）主要负责，周六、日及放假期间由在岗水文水调值班人员负责，具体观测方法如下。

（1）每日8：00进行观测并记录。

（2）观测时保持视线和水银柱顶端齐平，迅速读数。

第二节　考证资料测量

考证资料测量是对水文测站有关水文测验基本情况所作的检查和订正工作。我处测量工作由水管科负责，主要对水尺零点高程及大断面进行测量，遇特殊情况，如因工程施工或受冰爬坡影响水尺受到破坏应及时校测。

一、测量位置

（1）引滦明渠入塘节制闸闸上水尺、明渠站前水尺、防洪闸闸上水尺及水库1♯闸闸上水尺。

（2）引滦明渠小白庄桥断面。

二、测量时间

水尺的零点高程在每年汛前、汛后，或结冰前、结冰后各校测一次，小白庄桥断面每年汛前校测一次。实际测量工作由水文调度三岗（1）主要负责，其他人员配合进行。

三、测量要求

（1）水尺及大断面校测都采用四等水准测量。

（2）测量时选用双面水准尺，水准尺应垂直放在尺桩或尺垫上。

（3）测量过程中，必须注意不使前后视距不等差累积增大，每一测段的往返或返测，其仪器站数均应为偶数，由往测转向返测时，应重新安平仪器，并互换前、后视水准尺的位置。

（4）测量先从校核（或基本）水准点测至水边的固定转点，再从该点测回到校核（或基本）水准点，需要校测的水尺，在往测和返测过程中，都需逐个测读。

（5）若一次连续测量不能测完一个测断（指往返双向）时，应在测至水准点或固定点以后方能间歇，否则，应选择两个坚稳可靠的临时固定点作为间歇点。

（6）间歇后再次开始工作时，应先检测间歇前最末一个仪器站的两个固定转点，比较间歇前后所测高差，若在 3mm 以内方可从最后的转点继续向前测量，否则，须继续检测间歇前的各转点，以确定没有变动的转点，然后由此点继续起测。

（7）测流断面水位与关系点偏离关系曲线应控制在±3％的范围内，当复测大断面时，可单程测量闭合于已知高程的固定点。

四、测量资料归档

测量任务完成后，由水文水调三岗（1）对测量数据进行整理，计算出水尺或大断面的零点高程，与上一次校测的零点高程进行比较，如果校测数据一致，则继续使用原高程，如果校测数据不一致，则启用新校测的高程，并将新校测的高程记录归档存放。

第三节 水文资料整编

水文资料整编是对原始水文资料按科学方法和统一规格进行整理、分析、统计、审查、汇编、刊印或存储的全部技术工作。我处的资料整编工作是按照《水文资料整编规范》SL247—1999规定执行的，整编工作由全体水文调度人员负责。

一、整编时间

每年年初至二月底前完成上一年度水文资料整编，对整编成果进行初作、一校、二校三道工序，并制成两份资料进行归档，异地保存。

二、整编工作内容

（一）水位资料整编

（1）考证需要整编断面的水尺零点高程。

（2）利用算术平均法计算逐日平均水位。

（3）绘制逐日平均水位过程线，如图3-3所示。

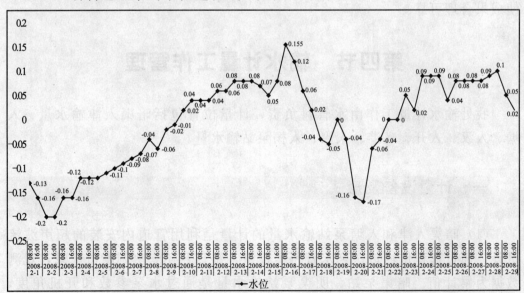

图3-3 某月逐日平均水位过程线

（4）编制逐日平均水位表及水位月年统计表。

（二）流量资料整编

（1）编制实测流量成果表和实测大断面成果表。
（2）绘制和分析水位流量、水位面积、水位流速关系曲线。
（3）编制水位流量关系表，推求逐时和逐日流量。
（4）编制逐日平均流量表和水库水文要素摘录表。

（三）水文特征值统计

（1）年最高、最低水位及出现日期，平均水位。
（2）年平均流量、径流量，年最大、最小流量及出现日期。
（3）年降水量、最大降水量及出现日期，降水天数。

三、整编工作要求

（1）整编工序。各项目的原始资料必须经过初作、一校、二校后方能进行整编。
（2）进行资料分析。在整编过程中，要全面了解测验情况，深入进行分析，力求推算方法符合测站特性。
（3）对整编成果要重视合理性检查，分析研究各水文要素的变化规律，使成果合理可靠。

第四节 输水计量工作管理

我处输水计量工作由水管科负责，计量位置包括暗渠入津输水量、入塘、入汉、入开、入港、入聚、入杨泵站输水量。

一、计量设备及形式

（1）暗渠入津和入塘泵站输水量的计量是利用管道内安装的超声波流量计，通过远程传输传送到水管科监控室，每日 8：00 由调度员记录，观测数据为累计值。暗渠泵站、明渠泵站输水量是通过水泵参数和开机角度，利用水力学公式计算得出；水库入库流量或出库流量是通过暗渠泵站流量及暗渠入津流量均衡得出，暗渠泵站流量大于暗渠入津流量为入库，反之为出库；明渠站前流量是通过暗渠泵站流量加上明渠下游入港、入聚、入杨三座泵站流量计算得出。

（2）入开、入汉、入港、入聚、入杨泵站输水量的计量是利用管道连接处的电磁流量计，通过远程传输传到泵站监控室，在开机状态下，由各泵站值班人员对水泵流量每小时记录一次。水泵日输水总量为每日 8：00 记录的累计流量，减去前一日 8：00 的累计流量计算得出，由各泵站值班人员每日 8：00 报水管科，调度人员作好详细记录。

二、计量要求

（1）调度员每日 8：00 准时记录暗渠入津及入塘、入汉、入开、入港、入聚、入杨泵站的输水量，并在 8：30 前以水文拍报的形式报引滦工管处水管科，同时将各泵站用水量数据录入信息系统数据库。

（2）每月 1 日调度员对暗渠入津和入塘、入汉、入开、入港、入聚、入杨泵站的输水量进行统计，计算出月均量和月输水总量。

（3）月输水量表需科长审阅、签字，并于每月 5 日前报引滦工管处水管科。

（4）月输水量表由水文调度三岗（3）负责收集、整理、归档。

第五节　水文仪器设备管理

一、管理内容

水文仪器设备包括流速仪、水准仪、辖区内水尺、观测场及场内设备（雨量计、蒸发皿、百叶箱），对仪器设备设专人管理，责任量化到人。

二、管理要求

（一）LS68—1 流速仪

流速仪主要用于海河补水和校核上游来水量的测流，它的管理和维护工作由水文调度三岗（1）负责。

（1）在使用后要将仪器擦拭干净，各部件加仪器润滑油保护并装箱妥善保管。

（2）每年6月将仪器送至华北水文仪器检测中心进行校检。

（3）建立仪器设备档案和仪器设备使用维护记录（见表3-2）。

表 3-2　仪器设备使用维护记录（一）

仪器名称：流速仪　　　　　　　仪器型号：LS68—1　　　　　　仪器编号：830321

实测时间	实测地点	仪器状况		施测人	仪器维护保养内容	保养人
		使用前	使用后			

（二）AP—128 水准仪

水准仪主要用于校核水尺高程和大断面，它的管理和维护工作由水文调度三岗（2）负责。

（1）水准仪要符合国家 S3 级标准，表面要保持清洁。

（2）使用后要将水准仪擦拭干净，装箱妥善保管。

（3）每年2月将仪器送至天津市建工计量中心进行校检。

（4）建立仪器设备档案和仪器设备使用维护记录（见表3-3）。

表 3-3　仪器设备使用维护记录（二）

仪器名称：水准仪　　　　　　　仪器型号：AP—128　　　　　　仪器编号：144377

实测时间	实测地点	仪器状况		施测人	仪器维护保养内容	保养人
		使用前	使用后			

（三）观测场及场内设备

观测场占地面积126m²，场内设有降雨、蒸发、温度等水文观测设施，观测场的维护管理工作主要由水文调度一岗负责，水文调度三岗（1）协助管理。

1. 观测场管理要求

观测场内环境及仪器设备要保持洁净，每周一对观测场护栏、场内仪器及仪器架进行擦拭；场内草坪每月进行一次修剪，仪器架周围的高草每周五进行一次修剪。

2. 场内设备管理要求

（1）每天对雨量计的传感器、蒸发皿内的水进行检查，保证传感器完好、蒸发皿内不缺水。

（2）每天检查雨量计筒内是否有杂物，保持筒内清洁，避免堵塞。

（3）每年4月初对雨量计进行自检。

（4）建立仪器设备档案和仪器设备使用维护记录（见表3-4）。

表3-4 仪器设备使用维护记录（三）

仪器名称：遥测雨量计　　　　仪器型号：SL1　　　　仪器编号：200412027

实测时间	实测地点	仪器状况		施测人	仪器维护保养内容	保养人
		使用前	使用后			

第四章 水质监测管理

4

我处 1991 年成立水质监测化验室，现有人员 5 名，监测项目 14 项，监测站点有引滦明渠尔王庄站前、尔王庄水库、北京排污河、青龙湾故道。水质监测化验室根据引滦工程管理处水管科下达的水质监测任务书进行采样监测。

第一节 水质监测工作

一、工作流程

（一）监测流程（见图 4-1）

（1）工管处下达水质监测任务书，主要内容包括水质监测断面、项目、方法、频次要求、评价标准原则、实验室质量保证、质量控制、监测数据整理、处理及资料整编。

（2）我处水管科长接受并分配工作，填写采样通知单，由化验二岗（1）（水质组长岗）安排人员、车辆进行水样采集。

（3）水质化验管理三岗（1）、三岗（2）、三岗（3）准备采样器具，如采样器、采样桶、温度计等。

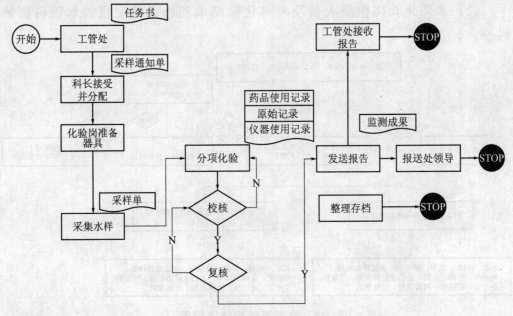

图 4-1 水质监测流程图

（4）由化验岗任意两人采集水样，填写采样单，由化验二岗（2）检查、加密。

（5）各化验岗按所分项目进行分项化验，填写原始记录、药品使用记录、仪器使用记录。

（6）取得分析测试数据后，由水质化验管理二岗（2）、三岗（1）、三岗（2）、三岗（3）的化验岗进行互校，校核无误后再由水管科长进行审核，如对化验数据有异议，查找原因，或重新进行分析。

（7）审核无误后统计数据、进行水质评价、发送报告给处领导、工管处水管科。

（8）由水质化验管理三岗（3）将资料整理、分类存档。

（二）突发事件应急流程（见图 4-2）

（1）水质化验岗值班人员接到水政巡查人员辖区水源受污染报告后，立即到现场调查受污染情况。

1）按规范要求采集水样，作好现场采样记录，根据污染物性质确定化验项目。

2）根据实际情况绘制事件现场位置示意图，标出采样点位，记录发生时间、事件原因、事件持续时间、采样时间以及水体感官性描述，可能存在的污染物，采样人员等事项。

（2）水质化验岗值班人员及时将化验结果和污染情况报告水管科值班科长。

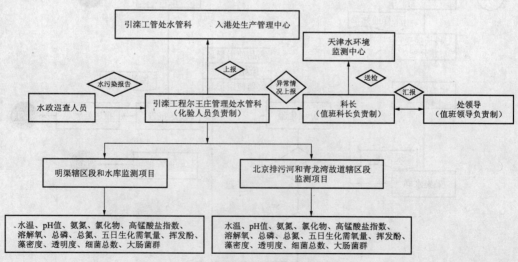

图 4-2　突发事件应急流程图

（3）水管科值班科长立即将事件情况报告值班处领导，请示处置方案。

（4）水管科值班科长得到值班处领导处理意见后，立即把水源受污染情况 10min 内向引滦工管处水管科和入港处生产管理中心报告，请示改变输水运行方式。报告内容主要包括报告单位，报告人姓名，污染来源、位置。

（5）如果我处水质化验室对污染物不具备化验能力，应立即与天津市水环境监测中心联系，把受污染水样送天津市水环境监测中心化验。

二、监测项目及监测方法

（一）监测项目

监测项目任务如表 4-1 所示。

表 4-1 监测项目任务一览表

序号	监测项目	常规监测 （每月 1 日、15 日）	临时监测 （每周三、五、日）	周边水环境 （每月月底前）
1	水温	√	√	√
2	pH 值	√	√	√
3	氯化物	√		
4	溶解氧	√	√	√
5	生化需氧量	√		
6	高锰酸盐指数	√		√
7	氨氮	√		√
8	总氮	√	√	√
9	总磷	√	√	√
10	挥发酚	√		√
11	透明度	√		√
12	藻密度	√		
13	细菌总数	√		
14	大肠菌群	√		

（二）监测方法

监测方法标准，是执行中华人民共和国标准、《水质试验方法标准》、《生活饮用水标准检验法》，水利部《水环境监测标准—水质分析方法》等。各项目监测方法如表 4-2 所示。

表 4-2　各项目监测方法

序号	监测项目	分析方法	标准代号
1	水温	温度计法	GB13195—1991
2	pH 值	玻璃电极法	GB6920—1986
3	氯化物	硝酸银滴定法	GB11896—1989
4	溶解氧	碘量法	GB7489—1987
5	生化需氧量	直接法	GB7488—1987
6	高锰酸盐指数	酸性法	GB11892—1989
7	氨氮	纳试试剂光度法	GB7479—1987
8	总氮	过硫酸钾消解紫外分光光度法	GB11894—1989
9	总磷	钼锑抗分光光度法	GB11893—1989
10	挥发酚	4-氨基安替比林分光光度法	GB7490—1987
11	透明度	透明度盘法	SL87—1994
12	藻密度	显微镜计数法	无
13	细菌总数	平板法	GB5750—1985（35）
14	大肠菌群	多管发酵法	GB5750—1985（36）

三、基本要求

（一）岗位分工

（1）水质化验管理二岗（1）（水质组长岗）主要负责组织、协调采集样品，负责水质自动监测站的日常管理。

（2）水质化验管理二岗（2）主要负责化验室质量控制工作，监测项目挥发酚、藻密度。

（3）水质化验管理三岗（1）主要负责仪器设备管理工作，监测项目氨氮、总磷、总氮、细菌总数。

（4）水质化验管理三岗（2）主要负责药品管理工作，监测项目溶解氧、生化需氧量、高锰酸盐指数、大肠菌群。

（5）水质化验管理三岗（3）主要负责资料管理工作，监测项目水温、pH 值、氯化物、透明度。

（二）设备、器皿要求

（1）用于分析测试的设备、器皿能满足实验室所有监测项目，具有检定合格证书，并在检定有效期内使用。

（2）使用前检查仪器能否正常运行，使用时严格按操作规程进行操作，使用后做好清洁工作，检查设备是否为完好状态，填写仪器使用记录。

（3）仪器使用完毕，按各部件放回原处。玻璃仪器及时清理、洗刷，精密仪器盖好防尘罩。

（三）样品要求

（1）样品采集量根据预测定项目决定，水样均匀、有代表性；可用硬质玻璃或聚乙烯瓶。

（2）采样时将采样器放置水面 0.5m 以下，用水样将容器冲洗 3 次，再将水样装入容器中。

（3）样品采集后，检查、封存，送到实验室进行分析。

（四）操作要求

1. 水温

将水温计插入一定深度的水中，放 5min 后，迅速提出水面并读取温度值。

2. pH 值

先用蒸馏水仔细冲洗复合电极，再用水样冲洗，然后将电极浸入水样中，小心搅拌或摇动使其均匀，待读数稳定后记录 pH 值。

3. 氯化物

（1）取 50ml 水样置于锥形瓶中，另取一锥形瓶加入 50ml 水作空白。

（2）加入 1ml 铬酸钾溶液，用硝酸银标准溶液滴定至砖红色沉淀刚刚出现即为终点。同时作空白滴定。

4. 溶解氧

（1）溶解氧的固定。

用吸管插入溶解氧瓶的液面下，加入 1ml 硫酸锰溶液、2ml 碱性碘化钾溶液，盖好瓶塞，颠倒混合数次，静置；待棕色沉淀物降至瓶内一半时，再颠倒混合一次；待沉淀物降到瓶底，在取样现场固定。

（2）析出碘。

轻轻打开瓶塞，立即用吸管插入液面下加入 2.0ml 硫酸。小心盖好瓶塞，颠倒混合摇匀至沉淀物全部溶解为止，放置在暗处 5min。

（3）滴定。

移取 100.0ml 上述溶液于 250ml 锥形瓶中，用硫代硫酸钠溶液滴定至溶液呈淡黄色，加入 1ml 淀粉溶液，继续滴定至蓝色刚好褪去为止，记录硫代硫酸钠溶液用量。

5. 生化需氧量

（1）水样的预处理。

1）从水温较低的水域或富营养化的水体中采集水样，可遇到含有过饱和溶解氧，此时应将水样迅速升温至 20℃ 左右，在不满瓶的情况下，充分振摇，并时时开塞放气，以赶出过饱和的溶解氧。

2）从水温较高的水域取得水样，应迅速使其冷却至 20℃ 左右，并充分振摇，以使空气中氧分压接近平衡。

（2）不经稀释水样的测定。

1）溶解氧含量较高、有机物含量较少的地表水，可不经稀释而直接以虹吸法将约 20℃ 的混匀水样转移入两个溶解氧瓶内，转移过程中应注意不得产生气泡。以同样的操作使两个溶解氧瓶充满水样后溢出少许，加塞。瓶内不应留有气泡。

2）其中一瓶随即测定溶解氧，另一瓶的瓶口进行水封后，放入培养箱中，在 20±1℃ 培养 5 天。在培养过程中注意添加封口水。

（3）需经稀释水样的测定。

用虹吸法沿筒壁先引入部分稀释水于 1 000ml 量筒中，加入需要量的均匀水样，再加入稀释水至 800ml，用带胶板的拨棒小心上下搅匀。搅拌时勿使搅棒的胶板露出水面，防止产生气泡。

按不经稀释的水样测定的相同操作步骤进行装瓶、测定当天溶解氧和培养 5 天后的溶解氧。

另取两个溶解氧瓶，用虹吸法装满稀释水作为空白实验。测定 5 天前后的溶解氧。

6. 高锰酸盐指数

（1）取 100ml 水样于 250ml 锥形瓶中。

（2）加入 5ml（1+3）硫酸，混匀。

（3）加入 10.00ml 浓度为 0.01 mol/l 的高锰酸钾溶液，摇匀，立即放入沸水浴中加热 30min（从水浴重新沸腾起计时）。沸水浴液面要高于反应溶液的液面。

（4）取下锥形瓶，趁热加入 10.00ml 浓度为 0.01 mol/l 的草酸钠标准溶液，摇匀，立即用 0.01 mol/l 高锰酸钾溶液滴定至显微红色，记录高锰酸钾溶液消耗量。

（5）高锰酸钾溶液浓度的标定：将上述已滴定完毕的溶液加热至约 70℃，准确加入 10.00ml 浓度为 0.01 mol/l 的草酸钠标准溶液，用 0.01 mol/l 高锰酸钾溶液滴定，记录高锰酸钾溶液的消耗量，求得高锰酸钾溶液校正系数（K）。

7. 氨氮

（1）标准曲线的绘制。

吸取 0.00ml，0.50ml，1.00ml，3.00ml，7.00ml 和 10.00ml 铵标准使用液分别于 50ml 比色管中，加水至标线，加 1.00ml 酒石酸钾溶液，混匀。加 1.50ml 纳氏试剂，混匀，放置 10min 后，在波长 420nm 处，用光程 10mm 比色皿，以水为参比，测定吸光度。由测得的吸光度，减去零浓度空白管的吸光度后，得到校正吸光度，绘制以氨氮含量（mg）对校正吸光度的标准曲线。

（2）水样的测定。

1）分取适量经絮凝沉淀预处理后的水样（使氨氮含量不超过 0.10mg），加入 50ml 比色管中，稀释至标线，加 1.00ml 酒石酸钾钠溶液，放置 10min 后，在波长 420nm 处，用光程 10mm 比色皿，以水为参比，测定吸光度。

2）分取适量经蒸馏预处理后的馏出液，加入 50ml 比色管中，加一定量 1mol/l 氢氧化钠溶液，以中和硼酸，稀释至标线。加 1.50ml 纳氏试剂，混匀。放置 10min 后，同标准曲线步骤测量吸光度。

（3）空白实验：以无氨水代替水样，作全程序空白测定。

8. 总氮

（1）测定。

1）用无分度吸管取 10.00ml 试样置于比色管中。

2）试样不含悬浮物时，按下述步骤进行。

①加入 5ml 碱性过硫酸钾溶液，塞紧磨口塞并用布及绳扎紧瓶塞，以防弹出。

②将比色管置于医用手提蒸气灭菌器中，加热，使压力表指针到 1.1～1.4kg/cm²，此时温度达 120～124℃ 后开始计时。或将比色管置于压力锅中，加热至顶压阀吹气时开始计时。保持此温度加热半小时。

③冷却，开阀放气，移去外盖，取出比色管并冷至室温。

④加盐酸（1+9）1ml，用无氨水稀释至 25ml 标线，混匀。

⑤移取部分溶液至石英比色皿中，在紫外分光光度计上，以无氨水作参比，分别在波长为 220nm 与 275nm 处测定吸光度，并计算出校正吸光度 A。

3）试样含悬浮物时，水样须经处理，然后待澄清后移取上清液到石英比色皿中。

（2）空白实验。

空白实验除以 10ml 水代替试样外，采用与测定完全相同的试剂、用量和分析步骤进行平行操作。

注：当测定在接近检测限时，必须控制空白实验的吸光度 A_b 不超过 0.03，超过此值，要检查所用水、试剂、器皿和医用手提灭菌器的压力。

（3）校准。

1）校准系列的制备。

①用分度吸管向一组（10 支）比色管中，分别加入硝酸盐氮标准使用溶液 0.00ml，0.10ml，0.30ml，0.50ml，0.70ml，1.00ml，3.00ml，5.00ml，7.00ml，10.00ml。加水稀释至 10.00ml。

②按步骤进行测定。

2）校准曲线的绘制。

零浓度（空白）溶液和其他硝酸钾标准使用溶液制得的校准系列完成全部分析步骤，于波长 220nm 和 275nm 处测定吸光度后，分别按下式求出除零浓度外其他校准系列的校正吸光度 A_s 和零浓度的校正吸光度 A_b 及其差值 A_r。

$$A_s = A_{s220} - 2A_{s275}$$

$$A_b = A_{b220} - 2A_{b275}$$

$$A_r = A_s - A_b$$

式中　A_{s220}——标准溶液在 220nm 波长的吸光度；

　　　A_{s275}——标准溶液在 275nm 波长的吸光度；

A_{b220}——零浓度（空白）溶液在 220nm 波长的吸光度；

A_{b275}——零浓度（空白）溶液在 275nm 波长的吸光度。

按 A_r 值与相应的 NO_3-N 含量（μg）绘制校准曲线。

9. 总磷

（1）空白实验。

按规定进行空白实验，用水代替试样，并加入与测定时相同体积的试剂。

（2）测定。

1）消解。

2）过硫酸钾消解：向试样中加 4ml 过硫酸钾，将具塞刻度管的盖儿塞紧后，用一小块布和线将玻璃塞扎紧（或用其他方法固定），放在大烧杯中置于高压蒸气消毒器中加热，待压力达 1.1kg/cm²，相应温度为 120℃时，保持 30min 后停止加热。待压力表读数降至零后，取出放冷，然后用水稀释至标线。

注：如用硫酸保存水样。当用过硫酸钾消解时，需先将试样调至中性。

（3）发色。

分别向各份消解液中加入 1ml 抗坏血酸溶液混匀，30s 后加 2ml 钼酸盐溶液充分混匀。

（4）分光光度测量。

室温下放置 15min 后，使用光程为 10mm 比色皿，在 700nm 波长下，以水作参比，测定吸光度。扣除空白实验的吸光度后，从工作曲线上查得磷的含量。

注：如显色时室温低于 13℃，可在 20~30℃水浴上显色 15min 即可。

（5）工作曲线的绘制。

取 7 支具塞刻度管分别加入 0.00ml，0.50ml，1.00ml，3.00ml，5.00ml，10.00ml，15.00ml 磷酸盐标准溶液。加水至 25ml。然后按测定步骤进行处理。以水作参比，测定吸光度。扣除空白实验的吸光度后，按对应磷的含量绘制工作曲线。

10. 挥发酚

（1）校准曲线的绘制。

于一组（8 支）50ml 比色管中，分别加入 0.00ml，0.50ml，1.00ml，3.00ml，5.00ml，7.00ml，10.00ml，12.50ml 酚标准中间液，加水至 50ml 标线。加 0.5ml 缓冲溶液，混匀，此时 pH 值为 10.0±0.2，加 4-氨基安替

比林溶液 1.0ml 混匀。再加 1.0ml 铁氰化钾溶液，充分混匀，放置 10min 后立即于 510nm 波长，用光程为 20mm 比色皿，以水作参比，测量吸光度。经空白校正后，绘制吸光度对苯酚含量（mg）的校准曲线。

（2）水样的测定。

分取适量的馏出液放入 50ml 比色管中，稀释至 50ml 标线。用与绘制校准曲线相同步骤测定吸光度，最后减去空白实验所得吸光度。

（3）以水代替水样，经蒸馏后，按水样测定相同步骤进行测定，以其结果作为水样测定的空白校正值。

11. 透明度

在船的背光处将盘平放水中，逐渐下沉，至刚不能看见盘面的白色时，记取其尺度，就是透明度数，以 cm 为单位。观察时需反复两三次。

12. 藻密度

（1）校准显微镜。

将目（测微）尺放入 10 倍目镜内，应使刻度清晰成像（一般刻度面应朝下），将台（测微）尺当做显微玻片标本，用 20 倍物镜进行观察，使台尺刻度清晰成像。台尺的刻度代表标本上的实际长度，一般每小格 0.01mm。转动目镜并移动载物台，使目尺与台尺平行，并且目尺的边沿刻度与台尺的 0 点刻度重合，然后数出目尺 10 格相当于台尺多少格，用这个格数去乘 0.01mm，其积表示目尺 10 格代表标本上的长度多少毫米，作好记录，即某台显微镜 20 倍物镜配 10 倍目镜，某目尺 10 格代表标本上的长度多少。用台尺测出视野的直径，按 πr^2 计算视野面积。

（2）藻类计数。

吸取 0.1ml 样品注入 0.1ml 计数框，在 10×40 倍或 8×40 倍显微镜下计数，计数 100 个视野，计数两片取其平均值，如两片计数结果个数相差 15％以上，则进行第三片计数，取其中个数相近两片的平均值。

13. 细菌总数

（1）以无菌操作方法用 1ml 灭菌吸管吸取充分混匀的水样或 2～3 个适宜浓度的稀释水样 1ml，注入灭菌平皿中，倾注约 15ml 已融化并冷却到 45℃左右的营养琼脂培养基，并立即旋摇平皿，使水样与培养基充分混匀。每个水样应倾注两个平皿，每次检验时，另用一个平皿只倾注营养琼脂培养基作空白对照。

（2）待琼脂冷却凝固后，翻转平皿，使底面向上，置于 37℃恒温箱内培养 24 小时，进行菌落计数。

（3）培养之后，立即进行平皿菌落计数，进行平皿菌落计数时，可用菌落计数器或放大镜检查，以防遗漏。在记下各平皿的菌落数后，应求出同稀释度的平均菌落数。如果其中一个平皿有较大片状菌落生长时，则不宜采用，而应以无片状菌落生长的平皿作为该稀释度的菌落数。若片状菌落不到平皿的一半，而其余一半中菌落分布又很均匀，则可将此半皿计数后乘以 2 代表全皿菌落数，然后再求该稀释度的平均菌落数。

14. 大肠菌群

（1）初发酵实验。

在两个装有已灭菌的 50ml 三倍浓缩乳糖蛋白胨培养液的大试管或烧瓶中（内有倒管），以无菌操作各加入已充分混匀的水样 100ml；在 10 支装有已灭菌的 5ml 三倍浓缩乳糖蛋白胨培养液的试管中（内有倒管），以无菌操作加入充分混匀的水样 10ml，混匀后置于 37℃ 恒温箱培养 24 小时。

（2）平板分离。

经初发酵试验培养 24 小时后，发酵试管颜色变黄为产酸，小玻璃倒管内有气泡为产气。将产酸产气及只产酸发酵罐，分别用接种环划线接种于品红亚硫酸钠培养基或伊红美蓝培养基上，至 37℃ 恒温箱内培养 18~24 小时，挑选符合特征的菌落，取菌落的一小部分进行涂片、革兰氏染色、镜检。

一般要求准备化验工作开始前就要有规定，仪器设备、器皿的准备、水样采集的要求、到化验室的要求等，包括环境、着装等。

四、水质监测评价标准

1. 监测成果评价采用《地表水环境质量标准》（GB 3838—2002）

化验室监测项目评价如表 4-3 所示。

表 4-3　化验室监测项目评价

序号	分类　标准值　项目		Ⅰ类	Ⅱ类	Ⅲ类	Ⅳ类	Ⅴ类
1	水温（℃）		\multicolumn{5}{c}{人为造成的环境水温变化应限制在：周平均最大温升≤1 周平均最大温降≤2}				
2	pH 值（无量纲）		\multicolumn{5}{c}{6~9}				
3	高锰酸盐指数	≤	2	4	6	10	15

序号	分类 标准值 项目		I类	II类	III类	IV类	V类
4	溶解氧	≥	饱和率90% (或7.5)	6	5	3	2
5	五日生化 需氧量	≤	3	3	4	6	10
6	氨氮 (NH₃−N)	≤	0.15	0.5	1.0	1.5	2.0
7	总磷 (以P计)	≤	0.02 (湖、库0.01)	0.1 (湖、库0.025)	0.2 (湖、库0.05)	0.2 (湖、库0.1)	0.4 (湖、库0.2)
8	总氮（湖、库，以N计）	≤	0.2	0.5	1.0	1.5	2.0
9	氯化物 (以C1计)	≤	250				
10	挥发酚	≤	0.002	0.002	0.005	0.01	0.1
11	藻密度		无				
12	透明度		无				
13	大肠菌群	≤	0.05	0.1	0.2	0.5	1.0
14	细菌总数		无				

2. 评价原则

根据实现的水域功能类别，选取相应类别标准，进行单因子评价，评价结果说明水质达标情况，超标的说明超标项目和超标倍数。

第二节　仪器设备管理与维护

一、仪器设备管理

（一）仪器设备管理规定

（1）水质化验管理三岗（1）要将分析测试的所有仪器、设备进行登记，建立仪器设备台账和档案（其中包括随机附件及配件），新购置的仪器设备经验收后，立即上账。调出报废的仪器设备，办完手续后立即除名销账。

（2）水质化验管理三岗（1）要对化验室的仪器设备熟悉、了解。要掌握每台仪器的名称、主要用途、维护保养知识、检定周期等，并负责仪器、设备检定的安排工作。

（3）水质化验管理三岗（1）要随时对各仪器设备维护、保养、使用情况进行检查，检查仪器设备摆放是否整齐，仪器设备是否清洁，档案是否完整，安全防护措施是否完好齐备，电气线路有无随意接挂现象，仪器设备使用是否认真填写使用记录等，发现问题有权制止和提出批评。

（4）任何人不得随意外借或搬迁仪器设备，特殊需要时除经水管科长批准外，还需要设备管理人员同意方可执行。

（5）随时检查仪器设备及其他随机附件是否有丢失与损坏现象，如发现及时向水管科长报告，并和分析测试人员一起追查。

（6）随时掌握仪器、设备的完好情况，当发现仪器工作不正常时要立即命令停机进行检查，发现问题及时维修，在未确认仪器已恢复正常以前要挂上停机的标志。

（7）仪器设备的说明书、合格证等技术资料完整、齐全、整洁，统一装在仪器设备档案盒中，统一保管。

（二）仪器设备管理要求

（1）设备档案。内容包括说明书、鉴定证书、故障及维修记录等。

（2）精密仪器设备一览表（见表4-4）。

（3）仪器设备检定周期表（见表4-5）。

（4）仪器设备定期进行检定，有鉴定证书，仪器设备完好率达100％。

（5）所有检测仪器设备都必须有明显的统一格式标志，标志分"合格"、"准用"、"停用"三种，分别以绿、黄、红三种颜色表示。标志的内容包括：仪器编号、检定结论、检定日期、下次检定日期、检定单位。

（6）新启用的分析仪器与玻璃量器，按国家有关规定计量检定规程进行检定，合格后方可使用。

（7）分析测试仪器经维修、更换主要部件后，重新进行校验。

（8）分析测试仪器安放符合仪器使用要求，避免阳光直射，保持清洁、干燥，防止腐蚀、振动。监测项目间不得产生干扰。

（9）仪器设备的配备率大于99％（仪器设备配备率＝实际能够检测参

数个数/产品技术标准中规定应检数的个数)。

(10) 仪器设备报废时,由使用部门申请,由其管理员填写报废表,经领导批准后方可报废。

表 4-4　精密仪器设备一览表

名称	规格型号	制造厂家	购置日期	保管人	检定周期	技术指标	出厂编号	最后一次检定日期
电子天平	BP121S	德国赛多利斯股份公司	2003.9		1 年	0.0001g	15036680	
pH 计	PHS—3C	天津胜帮科学仪器有限公司	2006.7		1 年	0~14pH	10686	
分光光度计	UV—1800	岛津仪器(苏州)有限公司	2009.2		1 年	190~1100nm	A11484630288	

表 4-5　仪器设备检定周期表(自检/强检)

仪器名称	编号	数量	规格型号	购置日期	检定周期	检定单位	最近检定日期	送检负责人	检定结果

(三) 管理标准

(1) 仪器设备要保持清洁,用后要擦拭干净。仪器内外不得有灰尘和油污,涂漆表面要保持原来的本色。

(2) 仪器设备的安全防护装置必须齐全好用,电气装置必须可靠。

(3) 仪器设备的工作环境条件(粉尘、振动、噪声、采光、温度、烟雾、电磁辐射、安全)应满足室温、湿度、仪器设备精度的要求。

1) 室温:15~35℃。

2) 湿度:35%~80%。

3) pH 计精度:0.01。

4）电子天平精度：0.1mg。

5）分光光度计精度：0.1nm。

二、仪器设备维护

（1）精密仪器设备（电子天平、pH计、分光光度计）每月维护两次，要求查看电源、更换干燥剂、清洁等，填写仪器使用维护记录表（见表4-6）。

（2）保持仪器设备清洁、摆放整齐，不得"带病工作"。

（3）仪器设备不超量程或超负荷使用。如果出现超量程或超负荷事故，自觉登记，待重新检定确认合格后方可使用。

（4）仪器设备管理员负责提交检修报告，有关领导具体实施完成。

（5）日常工作与检修发生矛盾时，要坚持先检修后工作的原则，严禁仪器设备"带病工作"。

表 4-6 仪器使用维护记录

仪器名称		仪器型号		仪器编号				管理及维护人	
使用情况								维护情况	
使用日期	使用时间	监测项目	仪器状况		室温 ℃	湿度 %	使用人	维护日期	维护项目及结果
			使用前	使用后					

第三节　药品管理

一、管理责任岗

药品管理由水质化验管理三岗（2）负责。化验室所用药品，实行分类存放、标签定位管理。

二、药品的购置

（一）一般药品

（1）以化验室各分析项目需求制定全年药品购置预算，经水管科长审批后由水质化验管理三岗（2）到精细化学试剂经营部订购化学试剂。标准物质购置到国家标准物质中心、水利部水环境监测质控中心购置。

（2）药品采购数量满足本年度实验室工作用量。

（3）采购试剂按项目要求购置，试剂纯度要求分析纯及以上试剂，不得采购、使用低纯度试剂。

（二）剧毒药品

（1）按需求制定全年剧毒药品购置预算，经科长和主管处长审批后到公安部门办理审批手续然后购置。

（2）剧毒药品必须两人一起购买，当天购置、当天运回，不得在外过夜，入库后必须直接放入保险柜保管，不得存放在库房内。

三、药品的储存

（一）管理员规定

（1）定期检查药品使用、库存情况，记录与实物必须相符，定期自检。

（2）任何人无权以任何名义私自外借实验室药品。

（3）发现药品丢失、被窃时，要立即报告科长、主管处长，及时保护现场以利检查。

（4）易燃、易爆药品要放在远离实验室的阴凉通风处，在实验室内保存的少量易燃易爆试剂要严格管理。

（二）一般药品

（1）化验室只能存储少量常用药品，其余药品全部储存到药品库。

（2）所配制的试液必须贴有标签，写清试剂名称、浓度、配制人员、配制日期。

（3）所有试剂瓶必须保持清洁，储存在干燥洁净的药柜内，分类摆放、标签定位，置于阴暗避光的房间。

（三）剧毒、易燃、易爆药品

（1）剧毒药品必须放在保险柜中，由水质化验管理三岗（1）、三岗（2）负责保管。

（2）易燃、易爆药品要放在远离实验室的阴凉通风处，在实验室内保存的少量易燃、易爆试剂要严格管理。

（四）标准物质

标准物质用于仪器的检定、测试质量的监控，是分析测试的基础，由水质化验管理二岗（2）负责保管。

（1）标准物质保存在阴暗避光的环境（如冰箱）中，确保其不变质和不降低其使用性能。

（2）标准物质要按出厂日期规定的使用期使用，超过保质期的标准物质不能使用。

（3）质控人员每月按药品管理规定，定期检查标准物质使用和保管情况，并向科长报告。

四、药品的使用

（一）一般药品

（1）取用化学试剂前检查试剂的外观，注意生产日期，不能使用失效的化学试剂。使用中要注意保护瓶上的标签，如有损毁则照原样补全并贴牢。

（2）取用液体试剂只准倾出使用，不得在试剂瓶中直接吸取。倒出的试剂不可再倾回原瓶中。要及时填写药品称量使用记录（见表4-7）。

表4-7 药品称量记录表

称取时间	药品名称	分子式	配制药品名称	用于化验项目	称量量（g 或 ml）	剩余量（g 或 ml）	批号	称量人签字

（3）取用固体试剂时遵守"只出不回、量用为出"的原则，倾出的试剂不可再倾回原瓶中。所用牛角匙清洁干燥，不允许一匙多用。

（4）挥发性强的试剂必须在通风橱内取用。

（5）标准物质的使用由质控岗统一发放、登记，由药品管理员统一管理。

（二）剧毒药品

（1）使用剧毒药品的实验人员必须掌握安全常识，必须戴好防护措施。

（2）剧毒药品的使用、配制，由两人进行共同称量，登记用量，要有审批手续，用完及时返还。要及时填写剧毒药品称量记录（见表4-8）。

（3）对失效的剧毒、易燃、易爆试剂不得私自掩埋，须经公安部门校准后统一处理。

表 4-8　剧毒（危险）药品领用登记表

药品名称	批号	购买日期	购买人	购买数量(g)（瓶＋药）	领用日期	领取量(g)	库存（g）（瓶＋药）	领取人（双人领取）	批准人

第四节　质量控制

化验室质量控制是质量保证的重要组成部分。按计划规定采集具有代表性的有效样品传输到实验室进行分析测试时，为取得满足质量要求的监测结果，必须在分析过程中实施各项控制测试质量的技术方法和管理规定。

一、质控员要求

我处化验室质量控制工作由水质化验管理二岗（2）负责。

（1）正确熟练地掌握操作原理、技术及质量控制程序，正确使用常规仪器。

（2）熟知有关环境监测管理的法规、标准和规定。

（3）学习和了解国内外环境监测新技术、新方法。

二、质量控制程序

（一）水质监测质量保证

（1）样品采集由水质化验管理二岗（1）、三岗（2）负责。水样采集后，交由水质化验管理二岗（2）进行检查验收和登记，采样如有不符合标准和规程时，必须重新采样。

（2）水质化验管理二岗（2）在接到符合采样标准和规程的样品后，对其加入质控措施，再发送分析人员进行检测分析。

（3）水质化验管理二岗（2）、三岗（1）、三岗（2）、三岗（3），对样品监测前做好仪器、药品、试剂等的准备工作，然后按各自分析操作规程对样品进行分析。

（4）各化验管理岗在取得分析测试数据后必须进行合理性检验，并经水质化验管理二岗（2）、三岗（1）、三岗（2）、三岗（3）进行互校签字后，再送水管科长审核签字，向处领导和工管处水管科发送监测报告。

（5）常规监测样品一般保存至监测报告发出后方可处理，污染监测样品保存至结果报出半个月后可处理。

（二）化验室内部质量控制

1. 测试仪器安放条件

（1）符合仪器使用要求，避免阳光直射。

（2）保持清洁、干燥，防止腐蚀、震动。

（3）使用时严格执行操作规程。

2. 测试用仪器、量器进行定期维护与检定

（1）强检仪器检定周期为一年。检定单位：天津市计量检定中心、宝坻区技术监督局。

（2）自检仪器检定周期为两年。检定单位：我处化验室。

（3）玻璃量器检定周期为三年。检定单位：天津市水环境监测中心。

（4）分析天平定期检定，以保证其准确性；天平的不等臂性、砝码与灵敏性应符合检定规程要求。

（5）新启用的分析仪器与玻璃量器，按国家有关计量检定规程进行检定，合格后方可使用。

（6）分析测试仪器经维修、更换主要部件等之后，重新进行检定。

3. 化验室分析用纯水的要求

（1）制备标准水样或超痕量分析用纯水，电导率（25℃）小于等于 $0.1\mu S/cm$。

（2）精密分析和研究工作用纯水，电导率（25℃）小于等于 $1.0\mu S/cm$。

（3）一般分析工作用纯水，电导率（25℃）小于等于 $5.0\mu S/cm$。

（4）特殊要求的分析用水如无氨水、无酚水、无氯水、无二氧化碳水等除电导率满足上述要求以外，还应按规定方法制备，经检验合格后方可使用。

4. 化学试剂的使用与标准溶液配制要求

（1）根据测试要求，确定使用化学试剂的等级，基准溶液和标准溶液使用基准级试剂或高纯试剂配制。

（2）标准溶液配制。

1）配制标准溶液用纯水的电导率等指标应符合要求。

2）采用精称法配制标准溶液，至少分别称取并配制 2 份，其测定信号的相对误差不得大于 2%。

3）采用基准溶液标定标准溶液时，平行标定不得少于 3 份，标定液用量应在 20~50ml 之间，标定结果取平均值。

4）储备液的配制与使用应符合分析方法的规定。

5）标准工作溶液在临用前当天配制。

5. 校准曲线

校准曲线是描述待测物质浓度与检测仪器响应指示量之间的定量关系曲线。

（1）校准曲线的制作。

1）在测量范围内，配制的标准溶液系列，已知浓度点不得小于 6 个（含空白浓度），根据浓度值与响应值绘制校准曲线，必要时还应考虑基体影响。

2）校准曲线的绘制与批样测定同时进行。

3）在消除系统误差之后，用最小二乘法对测试结果进行处理后绘制校准曲线。

4）校准曲线的相关系数（γ）绝对值一般应大于或等于 0.999，否则需从分析方法、仪器、量器及操作等因素查找原因，改进后重新制作。

5) 使用校准曲线时，选用曲线的直线部分和最佳测量范围，不得任意外延。

（2）回归校准曲线应进行以下统计检验。

1) 回归校准曲线的精密度检验。

2) 回归校准曲线的截距检验。

3) 回归校准曲线的斜率检验。

（三）实验室内质量控制基础实验

1. 空白实验

空白实验指使用同一分析方法，以分析用纯水进行与样品测定完全相同的实验。通过对空白实验值及其分散程度的分析，判断分析人员的测试技术水平、实验室环境及仪器设备性能等是否符合检测要求。具体实验步骤如下。

重复测定空白值不少于 6 天，每天一批两个，按公式（4-1）计算得到批内标准差 $S_{\omega b}$，可用于估算分析方法最低检测限。

$$S_{\omega b} = \sqrt{\frac{\sum x^2 - \frac{1}{n}\sum x^2}{m\ (n-1)}} \tag{4-1}$$

式中　$S_{\omega b}$——批内标准差；

　　　n　——每批测定个数；

　　　m　——批数；

　　　x　——单个测定值；

　　　$\sum x$——每批测定值之和。

2. 检测限（L）

检测限指一特定分析方法在给定的置信水平（一般为 95%）下，试样一次测定值与空白值有统计学意义的显著性差异时所对应的试样中待测物最小浓度或最小量。

（1）当空白测定数少于 20 次时，检测限（L）按公式（4-2）计算得到。

$$L = 2\sqrt{2} t_f S_{\omega b}\ (n < 20) \tag{4-2}$$

式中　L　——方法最低检测限；

　　　t_f　——显著水平为 0.05（单侧），自由度为 f 时的 t 值；

　　　f　——批内自由度，等于 $m\ (n-1)$，m 为批数，n 为每批测定个数；

　　　$S_{\omega b}$——空白平行测定（批内）标准差。

（2）当空白测定数大于 20 次时，检测限（L）按公式（4-3）计算得到。

$$L = 4.6S_{mh} \tag{4-3}$$

（3）检测限测试状况的判别。

L 小于等于标准分析方法所规定的检测限，证明测试状况良好；

L 大于标准分析方法所规定的检测限，表明空白实验不合格，找出原因并加以改正，直至 l 小于或等于检测限后，试验才能继续进行。

3. 精密度偏性试验

通过对影响分析测定的各种变异因素及回收率的全面分析，确定实验室测试结果的精密度和准确度。本试验适用于分析人员上岗和新方法应用前的考核。

（1）精密度偏性试验内容。

对下列五种溶液每日一次测定平行样，共测 6 日。

1）空白溶液（试验用纯水）。

2）0.1c 标准溶液（c 为检测上限浓度）。

3）0.9c 标准溶液。

4）天然水样（含一定浓度待测物之代表性水样）。

5）加标天然水样，即在天然水样中加入一定量待测物，使其总浓度为 0.5c 左右，临用前配制。

（2）精密度偏性试验结果与评价。

1）由空白实验值计算空白批内标准差，估计分析方法的检测限。

2）比较各组溶液的批内变异与批间变异，检验变异差异的显著性。

3）比较天然水样与标准溶液测定结果的标准差，判断天然水样中是否存在影响测定精密度的干扰因素。

4）比较加标样品的回收率，判断天然样品中是否存在改变分析准确度的组分和偏性。

（四）质量控制方法与要求

1. 质量控制图法

常用的质量控制图有均值—标准差控制图（X—S 图）、均值—极差控制图（X—R 及图）、加标回收控制图（p—控制图）和空白值控制图（Xb—Sb 图）等。

（1）逐日分析质量控制样品达 20 次以上后，计算统计值。绘制中心线，上、下控制线，上、下警告线和上、下辅助线，按测定次序将相对应的各统计值在图上植点，用直线连接各点即成质量控制图。

（2）落于上、下辅助线范围内的点数若小于 50％，则表明此图不可靠；连续七点落于中心线一侧则表明存在系统误差；连续七点递升或递降则表明质量异常，凡属上述情况之一者应立即中止实验，查明原因，重新制作质量控制图。

（3）在日常分析时，质量控制样品与被测样品同时进行分析，然后将质量控制样品测试结果标于图中，判断分析过程是否处于控制状态。

2. 平行双样法

平行双样法包括密码平行双样分析，它反映测试结果的精密度。

（1）测定率要求。

每批测试样品随机抽取 10％～20％ 的样品（或密码平行样）进行平行双样测定。若样品数量较少时，应增加平行样测定比例。

（2）允许差。

可根据允许差进行评定并统计合格数；未列入该表者，可参照所用分析方法规定的允许差值进行判断。

（3）加标回收率实验。

加标样（包括密码加标样）检验在一定程度上能反映测试结果的准确度。在实际应用时应注意加标质的形态、加标量和样品基体等。

测定率要求：每批测试样品应随机抽取 10％～20％ 的样品进行加标实验测试。

3. 其他质量控制方法

（1）标准样（或质控样）对比分析。

采用标准样（或质控样）和样品同步进行测试，将测试结果与标准样品保证值相比较，以评价其准确度和检查实验室内（或个人）是否存在系统误差。

（2）室内互检和室间外检。

采用室内、室间不同分析人员对同一样品进行测试，若不同人员或不同实验室的测试结果一致，表示工作质量可靠。

（3）不同分析方法对比分析。

对同一样品采用具有可比性的不同分析方法进行测定，若结果一致，表明分析质量可靠。该法多用于标准物质定值等。

4. 样品合格率的计算与要求

（1）样品合格率计算。

精密度合格率（％）＝平行双样合格数/平行双样测定总数×100％

准确度合格率（％）＝质控样（或标准样）合格数/质控样（或标准样）

总数×100％

水样测定值的精密度和准确度允许差如表 4-9 所示。

表 4-9　水样测定值的精密度和准确度允许差

编号	项目	样品含量范围（mg/L）	精密度（％）		准确度（％）			适用的临测分析方法
			室内 ($d_i/\bar{x}$)	室间 ($d_i/\bar{x}$)	加标回收率	室内相对误差	室间相对误差	
1	水温	—	$d_i=0.05C$	—	—	—	—	水温计测量法
2	pH 值	1～14	$d_i=0.5$ 单位	$D_i=0.1$ 单位	—	—	4	玻璃电极法
3	氯化物	50～250	≤8	≤10	90～110	≤±5	≤±10	硝酸银容量法
		＞250	≤5	≤5	95～105	≤±5	≤±5	
4	总氮	＜0.5	≤15	≤20	85～115	≤±15	≤±15	紫外线光度法
5	氨氮	0.02～0.1	≤15	≤20	90～110	≤±10	≤±15	纳氏试剂光度法
6	总磷	＜0.025	≤15	≤20	85～115	≤±10	≤±15	钼酸铵光度法
		0.025～0.6	≤10	≤15	90～110	≤±8	≤±10	
7	高锰酸盐指数	＜2.0	≤10	≤15	—	≤±10	≤±15	酸性法
		＞2.0	≤8	≤10	—	≤±8	≤±10	
8	五日生化需氧量（BOD₅）	＜3	≤15	≤20		≤±15	≤±20	稀释法（20±1℃）
		3～100	≤10	≤15		≤±10	≤±15	
		＞100	≤5	≤10		≤±5	≤±10	
9	总硬度以CaCO₃计	＜50	≤10	≤15	90～110	≤±5	≤±10	EDTA 滴定法
		＞50	≤8	≤10	95～105	≤±4	≤±5	
		1.0～3.0	≤10	≤15	90～110	≤±8	≤±10	
		＞3.0	≤5	≤10	95～105	≤±5	≤±8	
		＞10	≤5	≤10	95～105	≤±5	≤±8	
		＞50	≤8	≤10	95～105	≤±5	≤±10	
		＞100	≤8	≤10	—	≤±5	≤±5	

（2）合格率要求。

合格率应达到 95％以上；若小于 95％时，除对不合格者重新测定以外，还应再增加 10％～20％测定率。如此累进，直至总合格率大于 95％为止。

（五）质量审核

1. 审核范围

审核包括监测采样方案及其执行情况、数据计算过程、质控措施、计量单位和编号等。

2. 审核步骤

（1）水质化验管理二岗（2）、三岗（1）、三岗（2）、三岗（3），在取得样品后首先确定分析方案，样品与质控标准样用相同检测方法分别做出样品与质控标准样品两组数据，确认无误后报质控岗进行审核。

（2）质控岗接到化验各岗的监测数据后，与标准样品进行对照，审核参数是否符合精度要求，合格后报化验室负责人。如出现差异或发生偏离，停止测试，对被测样品进行分析用水、分析测试方法的使用、测试仪器设备的工作状态和安装状态及测试环境条件的检查，查出原因后再进行测试分析。

第五节　数据记录与处理

数据记录由水质化验管理二岗（2）、水质化验管理三岗（1）、水质化验管理三岗（2）、水质化验管理三岗（3），按各自负责的监测项目进行记录，监测结果交由水质化验管理二岗（2）、三岗（1）、三岗（2）、三岗（3）进行互校签字。

一、原始记录的要求

（1）用钢笔及时填写在原始表格中，不得记在纸片或其他本子上再誊抄。

（2）填写记录时字迹端正，内容真实、准确、完整，不得随意涂改。

（3）改正时在原数据上画一横线，再将正确数据填写在其上方，不得涂擦、挖补。

（4）原始记录有测试、校核等人员签名，校核人要求具有 5 年以上分析测试工作经验。

（5）记录内容包括检测过程中出现的问题、异常现象及处理方法等说明。

二、有效位数的确定

（1）根据计量器具的精度和仪器刻度来确定，不得任意增删。

（2）按所用分析方法最低检出浓度的有效位数确定。

（3）来自同一个正态分布的数据量多于 4 个时，其均值的有效数字位数可比原位数增加一位。

（4）精密度按所用分析方法最低检出浓度的有效位数确定，只有当测次超过 8 次时，统计值可多取一位。

（5）极差、平均偏差、标准偏差按方法最低检出浓度确定有效数字的位数。

（6）相对平均偏差、相对标准偏差、检出率、超标率等以百分数表示，视数值大小，取至小数点后 1～2 位。

三、数据处理及运算规则

1. 数据处理

测定数据中如有可疑值，经检查非操作失误引起，可采用 Dixon 法或 Grubbs 法等检验同组测定数据的一致性后，再决定其取舍。

2. 运算规则

（1）当数据加减时，其结果的小数点后保留位数与各数中小数最少者相同。

（2）当各数相乘、相除时，其结果的小数点后保留位数与各数中有效数字最少者相同。

（3）尾数的取舍按"四舍六入五单双"原则处理，当尾数左边第一个数为五，其右边数字不全为零时则进一，其右边数字全部为零时，以保留数的末位的奇偶决定进舍，奇进偶（含零）舍。

（4）数据的修约只能进行一次，计算过程中的中间结果不必修约。

四、结果的表示要求

（1）使用法定计量单位及符号等。

（2）水质项目中除水温（℃）、细菌总数（个/ml）、大肠菌群（个/l）、透明度（cm）外，其余单位均为 mg/l。

（3）平行样测定结果用均值表示。

（4）当测定结果低于分析方法的最低检出浓度时，用"<DL"表示，并按 1/2 最低检出浓度值参加统计处理。

（5）测定精密度、准确度用偏（误）差值表示。

（6）检出率、超标率用百分数表示。

各种相关的数据记录表格如表 4-10 至表 4-25 所示。

表 4-10 容量法测定记录表

分析项目　　　　　　　　　　　　　　采样日期　　　年　　月　　日

分析方法		依据标准		室温　　℃		湿度　　%	
标准溶液名称		指示剂名称		计算公式			
滴定管规格　ml	检出限　　mg/l		标准浓度(c)　　mol/l		标定日期　年　月　日		

编号	分析日期		站名	取样体积 Vs (ml)	标准溶液用量 (ml)			标准溶液用量 (ml)			平均用量 V (ml)	空白 (ml)	含量 cs (mg/l)
	月	日			终读	初读	用量	终读	初读	用量			
备注													

测定　　　　　　　　校核　　　　　　　　复核

　月　日　　　　　　　　月　日　　　　　　　　月　日

表 4-11 分光光度法测定记录表（一）

分析项目　　　　　　　　　　　　　　　　　采样日期　　　年　月　日

分析方法		依据标准			检出限		mg/l
仪器编号		仪器名称			选用波长		nm
室温	℃	标准溶液名称			比色皿规格		mm
相对湿度	%	标准溶液浓度 mg/l		配制日期　月　日	比色管规格		（ml）

曲线	标液浓度 mg/l					
	吸光度 A					

相关系数 $\gamma=$　　　　　　　　　　　　曲线方程 $cs=$

编号	分析日期		站点	取样体积	吸光度					含量 cs
	月	日		Vs （ml）	Ⅰ	Ⅱ	平均	空白	A	(mg/l)
备注										

测定　　　　　　　　　校核　　　　　　　　　复核
　月　日　　　　　　　　　月　日　　　　　　　　月　日

表 4-12 分光光度法测定记录表（二）

分析项目　　　　　　　　　　　　　　　　　采样日期　　　年　　月　　日

分析方法		依据标准		选用波长	nm	
仪器名称		仪器编号		检出限	mg/l	
标液名称		标准溶液浓度	g/l	比色皿规格	mm	
配制日期　年　月　日	室温		℃	湿度　%	比色管规格	ml

分析方法		依据标准		选用波长		nm		
标液浓 mg/l								
吸光 A_1（220）								
吸光 A_2（275）								
吸光（A_1-2A_2）								
标准系列								

相关系数 γ=				曲线方程 cs=				

编号	分析日期		站名	取样体积 Vs (ml)	吸光度 A					含量 cs (mg/l)
	月	日			220A_1	275A_2	A_1-2A_2	空白	A	
备注										

测定　　　　　　　　校核　　　　　　　　复核

　月　日　　　　　　　　月　日　　　　　　　　月　日

表 4-13　重量分析记录表

分析项目		采样日期	年　月　日

分析方法		干燥温度	℃	干燥时间	h
依据		室温	℃	相对湿度	%
取样体积 Vs　　　ml		计算公式 c=			

编号	分析日期		站名	取样体积 Vs (ml)	总重 W_2 (g)		蒸发皿重 W_1 (g)		W_2-W_1 (g)	含量 c (mg/l)
	月	日			平行样	均值	平行样	均值		

续表

分析方法		干燥温度	℃	干燥时间	h
备注					

测定　　　　　　　　校核　　　　　　　　复核

　月　日　　　　　　　月　日　　　　　　　　月　日

表 4-14　样品采集通知单

样品名称		采样时间	
采样性质		采样数量	
采样地点			
采样依据			
采样要求			
质控要求			
人员安排			
备　注			

×××分析测试室

负责人：

年　月　日

表 4-15　地表水样品采集记录表

编号	断面名称	断面编号	河流	位置	采样时间	水温(℃)	透明度(cm)	保存方式及取样体积				现场水体描述	备注
								常规 2 500 ml	加酸 1 000 ml	加碱 1 000 ml	细菌 300 ml		

取样要求：加碱水样用氢氧化钠调至 pH>12

采样人：　　　　　年　月　日　　　　　　接受人：　　　　　　年　月　日

表 4-16 临时监测数据汇总表

采样时间	采样站点	高锰酸盐指数（mg/l）	氨氮（mg/l）	氯化物（mg/l）	pH 值	温度（℃）	采样人	工管处接报人	备注

表 4-17 容量测定记录表（五日生化需氧量）

分析项目　　　　　　　　　　　　　　采样日期　　　年 月 日

分析方法		依据标准		室温　　　　℃			相对湿度　　　　％		
滴定管规格 ml		指示剂名称		计算公式 $c \times (V_0 - V_5) \times 8 \times 1\,000 / 100.0$					
取样体积（Vs）　　ml		检出限　　mg/l		浓度 c　　mol/l		标定日期　　　年 月 日			

编号	分析日期		站点	稀释倍数	培养前 标准溶液用量（ml）			培养后 标准溶液用量（ml）			含量（mg/l）	平均含量 cs（mg/l）
	月	日			终读	初读	用量 V_0	终读	初读	用量 V_5		

测定　　　　　　　　　　校核　　　　　　　　　　复核
　月　日　　　　　　　　　月　日　　　　　　　　　月　日

表 4-18 标（基）准溶液称量配置原始记录表

试剂名称		试剂等级	
化学式		分子量 M	
基本单元 B		摩尔质量 M'	
测试项目		分析方法	
干燥条件		标定对象	

续表

试剂名称			试剂等级	
理论	浓度	mol/l	（瓶+试剂重）W_1	g
	体积	ml	瓶重 W_2	g
	试剂重量	g	试剂重量 $W=W_1-W_2$	g
实际浓度 c	mol/l	实际体积 V		ml
计算 $c=$				
备 注				

配制　　　　　　　　　校核　　　　　　　　　复核

　年　月　日　　　　　　年　月　日　　　　　　年　月　日

表 4-19　标准溶液标定原始记录表

标定日期　　　年　月　日

项目内容		待标定溶液		基准溶液
溶液或试剂名称				
试剂等级				
基本单元				
配制日期				
理论浓度	mol/l			
标定次数	标准溶液（ml）			消耗基准液体积 V_1（ml）
	消耗体积	空白	实际消耗 V_2	
b_1				
b_2				
b_3				
b_4				
b_5				
b_6				
b_7				
空白均值	ml			
标定浓度 $c_2=$ mol/l				
计算 $c_2=c_1 \cdot V_1/V_2$				
备 注				

分析　　　　　　　　　校核　　　　　　　　　审核

　年　月　日　　　　　　年　月　日　　　　　　年　月　日

表 4-20　标准溶液配置记录表（A）

编号　　　　　　　　　　　　　　　　　　　　　　　　　　年　月　日

名称	批号	基本单元	试剂	标准使用溶液	
				体积（ml）	浓度（mg/l）

配制	
校核	

表 4-21　标准溶液配置记录表（B）

编号　　　　　　　　　　　　　　　　　　　　　　　　　　年　月　日

名称	批号	基本单元	标准溶液		
			吸取体积 ml	稀释体积 ml	浓度 mg/l

配制		计算公式
校核		

表 4-22　标准溶液配置记录表（C）

编号　　　　　　　　　　　　　　　　　　　　　　　　　　年　月　日

名称	等级	基本单元	称取（g）	标准溶液	
				体积（ml）	浓度（mol/l）

配制人		计算公式
校核人		

表 4-23　标准溶液配置记录表（D）

编号　　　　　　　　　　　　　　　　　　　　　　　　　　年　月　日

名称	批号	基本单元	标准溶液		标准使用溶液	
			体积（ml）	浓度（mg/l）	体积（ml）	浓度（mg/l）

配制		计算公式
校核		

表 4-24　组织机构基本情况一览表

机构名称					归口部门			
归属单位								
邮政编码					电话			
职工总数					固定资产			
建筑面积		m²	恒温面积		m²	非恒温面积		m²
仪器配备率		%	应配数			实配数		
领导情况	姓名	性别	年龄	职务	职称	学历	专业	技术年限
人　员　情　况								
职工总数：		工程师以上人数占总人数：			助工以上占总人数：			
机构主要任务	1. 贯彻和执行国家和行业部门颁发的水质监测规范、规程、规定、标准 2. 对管辖范围内的水质进行监测评价 3. 按时上报水质资料，编发水质简报、年报；向领导机关提供水质污染情报、预报，提出水环境保护建议 4. 参加水质污染的调查与监测工作 5. 不断提高监测技术，拓宽工作内容 6. 在水质监测过程中，不断采用国内外先进技术，先进设备							

表 4-25　实验室测试能力一览表

序号	环境要素	测试项目	测试仪器名称	检测范围	测试方法及依据名称	测试人员	备注

第六节　水质自动监测管理

　　我处水质自动监测站位于明渠站前左岸，是引滦信息系统一个子项目。水质自动监测站于 2007 年年初建成运行，实现了对所监测各水质参数的自动监测功能。通过水样的自动采集和预处理，水质分析仪器的连续自动运行，实现了监测数据的自动采集并存储到计算机中，提供远程传输接口及控制接口，可以将数据传输到需要的地方。整个水质监测系统实现了自动远传、无人值守和现地控制功能。

　　我处水质自动监测站，主要由水管科水质化验管理二岗（1）和信息科系统管理岗共同负责管理。

一、监测项目

1. 水温

利用温度传感器进行测量。

2. pH 值

玻璃电极法，带温度补偿。

3. 溶解氧（DO）

金－银膜电极法，带温度补偿。

4. 电导率

电极法（交流阻抗法），带温度补偿。

5. 浊度

光学法（透射原理或红外散射原理）。

6. 氨氮

氨气敏电极电位法（pH 电极法）。

7. 高锰酸盐指数

光度测量法。

8. 氯化物

离子选择电极法。

二、系统构成

1. 监测站房

监测站房包括站房主体和配套设施。

2. 采样系统

采样系统包括水泵、管路、供电及安装结构部分。能够自动连续地与整个系统同步工作，向系统提供可靠、有效水样。

3. 预处理系统

预处理系统包括水样预处理装置、自动清洗装置及辅助部分。配水单元直接向自动监测仪器供水，具有在线除泥沙和在线过滤，手动和自动管道反冲洗和除藻装置；其水质、水压和水量满足自动监测仪器的需要。

4. 监测仪器系统

监测仪器系统由一系列水质自动分析和测量仪器组成，包括水温、pH值、溶解氧（DO）、电导率、浊度、氨氮、高锰酸盐指数、氯化物、水位计、流量/流速/流向计及自动采样器等组成。

5. PLC 控制系统

PLC 控制系统包括系统控制柜和系统控制软件，数据采集、处理与存储及其应用软件，有线通讯设备。

三、管理与维护

水质监测站设备日常维护管理，主要由水管科水质化验管理二岗（1）负责。

水质自动监测站计算机及 PLC 设备管理，主要由信息科系统管理岗负责。

（一）设备的日常管理

（1）每周由水质化验管理二岗（1）对设备进行日常巡视检查（是否正常运行，运行不正常及时上报水管科长进行恢复）。

（2）空调机日常维护，遥控器电池更换。

（3）工控机及 PLC 软硬件出现问题及时向信息科反映。

（二）环境管理

（1）每周做好站房内环境卫生的清扫工作，保持设备清洁。

（2）每月对站房外杂草进行割除，保持站外环境整洁。

（三）定期管理维护

设备的管理维护完全按照说明书的要求进行并及时记录维护工作任务明细，如表 4-26 所示。

表 4-26 在线仪表维护工作任务明细

周期 探头	每周	每两周	每月	每三个月	每半年	每年
UV COD	清洗探头	实验室对比		更换刮刷		更换密封圈
五参数（Hydrolab DS5X）						
溶解氧						更换荧光帽
pH			清洗探头			更换电解液
氯化物					更换探头	
浊度					清洗探头	
氨氮			检查管线和试剂、标液			

1. UV COD 在线分析仪

（1）每周检查传感器表面是否结污，若结污首先用自来水冲洗，同时用软布轻擦表面，对于特别难以清洗的污渍可用稀盐酸（1∶1）浸泡 2~3min 后，立即用蒸馏水冲洗干净。

（2）每两周进行试验室对比。

（3）每三个月更换刮刷。

1）选择主菜单，从主菜单中选择传感器设定（SENSOR SETUP），并进行确认。

2）选择测试/维护（TEST/MAINT），并进行确认。

3）选择维护/过程，（MAINT/PROC），并进行确认。

4）选择输出模式（OUTPUT MODE），并进行确认。

5）显示更换擦拭器的信息，手动更换擦拭器，并进行确认。

（4）每年更换密封圈。

2. Hydrolab DS5X 多参数维护

（1）溶解氧电极的维护。

每年更换一个荧光帽。

（2）pH 电极维护。

每月清洗一次探头，每年更换一次电解液。用棉球蘸上适量的肥皂清洗玻璃，用自来水漂洗。

（3）氯化物电极的维护。

每半年更换一次探头。

（4）电导电极的维护。

每半年清洗一次探头，用小的非研磨型刷子或棉签清洁电导系数传感器上的椭圆形测量隔室。使用肥皂水去除油脂、油类或微生物体，用水漂洗。

（5）温度传感器维护。

使用擦洗酒精去除污垢，并用水漂洗。

3. 在线氨氮分析仪

（1）试剂溶液。

在操作时，必须小心将每种试剂溶液导入各自相应的通道。试剂溶液、标准溶液的配制由持证上岗的化验人员配制。

1）试剂 1——橙色通道。

将 31.5g 的化学纯 Na_2EDTA 用高纯水稀释至 1l。

2）试剂 2——红色通道。

将 68g 的分析纯 NaOH 用高纯水稀释至 1l。

（2）标准溶液。

配制 1.0mg／l 和 10.0mg／l 氨氮标准溶液各 1l。

（3）检查管线。

1）每月一次的保养。

①检查所有的管线和流通池是否有泄漏或损坏，以及有无固体沉积物积累的征兆。如有明显的藻类积累，则清洗仪器的管路。

②检查传感器内冲液的液位，可立起来检查。

③更换试剂和标准溶液。

2）每两月一次的保养。

①拆下传感器并用去离子水洗去内充液。

②从探头的尾部揭去膜并顶住密封垫圈，检查垫圈是否损坏，如损坏立即更换。

③电极活化。

四、注意事项

（1）上位机组态主要在自动时打开，以便于仪表传输的数据的存储和分析。

（2）无电气控制经验的人员对控制柜内部线路不要随意改动。

（3）要每周检查现场设备（泵、阀门等）有无故障并检修。

（4）手动开泵时，一定要把泵连接的阀门贯通打开，否则会把管道冲裂。

第七节　水质资料整编

一、整编责任

（1）水质化验各岗对原始资料进行系统、规范化整理检查，装订成册，以便于保管备查。

（2）水质化验各岗按监测流程与质量管理体系对原始结果进行核查，发现问题及时处理，以确保监测成果质量。

（3）原始资料检查内容包括样品的采集、保存、运送过程、分析方法的选用及检测过程、自控结果和各种原始记录（如试剂、基准、标准溶液、试剂配制与标定记录、样品测试记录、校正曲线等），并对资料合理性进行检查。

二、时间要求

在每年年底的全年监测工作完成后，由水质化验各岗同时对资料进行整编，于次年4月底前必须完成资料整编工作。

三、整编任务

1. 原始资料整编

（1）原始资料的初步整编工作以水库、明渠站前两站点为单位进行。

（2）原始资料自检测任务书、采样记录、送样单至最终检测报告原始记录，经检查审核后，装订成册，便于保管备查。

2. 编制内容

（1）编制水质站监测情况说明及位置。

（2）编制监测成果表。

（3）编制监测成果特征值年统计表。

四、整编方式

（1）资料整编于次年4月底前完成。

（2）整编单位组织对资料进行复审，抽审5％～15％的成果表和部分原始资料，如发现错误，需进行全面检查。

（3）整编内容

1）资料合理性检查及审核。

2）编制汇编图表：水质站及断面一览表、水质站及断面分布图、资料索引。

（4）整编的图表经过校（初校、复校）、审达到项目齐全，图表完整，方法正确，资料可靠，说明完备，字迹清晰，成果表中无大错，错误率不得大于1/10 000。

5. 整编成果

（1）资料索引表。

（2）编制说明（说清站点、项目、方法、检测频率、次数、超标率）。

（3）水质站及断面一览表。

（4）水质站及断面分布图。

（5）水质站监测情况说明表及位置图。

（6）监测成果表（见表4-27）。

（7）监测成果特征值年统计表（见表4-28）。

表 4-27　监测成果表

_____年_____分析结果统计表　　　　　　　　　　　　　单位：

月份 ＼ 站名	水库	明渠站前				
1 月份						
2 月份						
3 月份						
4 月份						
5 月份						
6 月份						
7 月份						
8 月份						
9 月份						
10 月份						
11 月份						
12 月份						

填表人员：　　　　　　　校核人员：　　　　　　　　审核人员：

　　年　月　日　　　　　　　年　月　日　　　　　　　　年　月　日

表 4-28　特征值年统计表

站名	断面编号	断面名称	统计项目	水温	pH值	悬浮物	总硬度	氨氮	总氮	总磷	高锰酸盐指数	生化需氧量	溶解氧	氯化物
										mg/l				
河名			样品总数											
			检出率（％）											
			超标率（％）											
			实测范围											
			最大超标倍数											
			最大值出现日期											
			年平均值											

制表：　　　　　　　　　　校核：　　　　　　　　　　审核：

年　月　日　　　　　　　年　月　日　　　　　　　年　月　日

五、资料保存

资料包括纸质文字资料及磁盘、光盘等其他介质记录的资料。

1. 主要保存内容

（1）各种原始记录。

（2）整汇编成果图表。

（3）整汇编情况说明书。

2. 资料保存要求

（1）按档案管理规定对资料进行系统归档保存，注意安全。

（2）磁介质资料存放有防潮、防磁措施，并按载体保存限期及时转录。

（3）除原始资料外，整、汇编成果资料有备份并存放于不同地点。

（4）原始资料保存期限 5 年；整、汇编成果资料长期保存。

第五章 水污染防治

5

第一节　引滦水源水质特性

化验室对引滦水体共进行 16 个项目的监测分析，分别为水温、pH 值、氨氮、氯化物、高锰酸盐指数、总硬度、溶解氧、总磷、总氮、悬浮物、五日生化需氧量、挥发酚、藻密度、透明度、细菌总数和大肠菌群。

通过近几年的监测化验结果分析，总体来说，引滦明渠水质各项指标，均能达到国家地表水Ⅲ类以上标准，能够满足饮用水源的水质要求。现将引滦水质逐项进行简单的分析。但由于受季节温度等的变化，水质各项指标的含量还是有一定的变化，且呈现一定的规律。

（1）氯化物、总硬度两项根据近几年的监测结果可以看出，数值较稳定，随季节温度的影响也较小。

（2）COD、BOD_5 由于水中各种藻类对其构成直接及明显的影响，所以一年当中温度较低时，两项的含量均很低；随着温度的升高各种藻类随之大面积快速地繁殖生长，水的 COD、BOD_5 的含量也随之增高。总体来说，每年 9 月份水体中这两项的含量达到最高值，之后逐渐降低。

（3）水中 DO 含量随季节温度有较明显的变化，其规律和 COD、BOD_5 相反，在冬季温度较低时，其含量较高，随着温度的升高，其含量则随之降低。

（4）水中氨氮、总氮两项指标在一年中也有规律性地变化，一般在每年 6、7、8 月份水中这两项含量都较一年中的其他月份稍高。

（5）悬浮物在一年中随着温度升高，水中各项藻类生长和杂质的增加，其含量也随之升高，在冬季水中悬浮物的含量是相对低的。

水库集水面积只有水面面积，自身产水很少，要靠降水获得。当地年均降水为 570mm。水库水质状况取决于上游明渠的来水水质，同时水库也形成了自身的生态系统。暗渠泵站提升后，水库水质在水库内生态环境作用下也有微弱变化，总的变化趋势是水质在生物作用下指标趋好，同时在夏季受水草和藻类影响较大，曾出现富营养化现象。

总体来说，一年中冬春季水的质量明显好于夏秋两季。冬春两季水体的生物转化较慢，水质较稳定；夏秋两季水体的生物转化较快，水质各项理化指标会发生不同的变化，水草生长较快，藻类数目明显增加，近几年由于水草的原因，水库的 pH、COD、DO，BOD_5 等项目都受到不同程度的影响。

第二节 引滦水环境保护

一、引滦水环境保护

水环境安全影响到水工程的水质、影响到人们的身体健康，因此必须高度重视水环境的安全，依据《中华人民共和国环境保护法》和《中华人民共和国水污染防治法》等国家法律规范，"引滦入津"工程把防止水污染，保护地表水水质，保障人民身体健康，维护良好的生态环境，保护辖区水环境，确保水源不受污染，向用水户提供符合国家地表水饮用标准的优质水源作为工作的重点。

1. 保护目的

确保引滦水质在我处辖区内不出现水质污染事故，向用户供水水质达到地表水Ⅲ类以上。

2. 保护对象

我处所辖引滦工程设施设备和辖区引滦水体。具体工程设施包括以下内容。

（1）辖区引滦明渠、暗渠及附属设施，尔王庄水库。

（2）明渠泵站、暗渠泵站、入塘泵站、入开泵站、入汉泵站、入聚泵站、入杨泵站、入港泵站。

（3）水闸包括入塘节制闸、入塘泵站取水闸、入开、入汉泵站取水闸、入港泵站取水闸、入聚泵站取水闸、入杨泵站取水闸、自流道闸、防洪闸、北京排污河倒虹吸进出口闸、大尔路闸、暗渠北京排污河节制闸和水库1#闸、2#闸、尾水闸、联接井闸。

（4）桥梁：八道沽公路桥、八道沽生产桥、农场五队生产桥、孙孝庄生产桥、小白庄生产桥、大尔路桥、尔辛庄生产桥、闫皮庄公路桥、闫皮庄生产桥、小董庄生产桥。

（5）水体：辖区内明渠水体、暗渠水体、尔王庄水库水体。

二、保护措施

（1）建立水政巡查制度和水质监测制度。

（2）工程措施：辖区明渠设防护网、防污墙、公路桥梁设宣传牌、警示牌。

（3）定期巡视检查，定期对辖区明渠输水水质，水库和周边水环境水体进行水质监测。

（4）汛期和冰期对重点口门、重点部位增加巡视次数。

（5）制定水污染防治预案，并根据情况每年对预案进行修订。

（6）对周边乡镇、村、学校加强《中华人民共和国水法》、《中华人民共和国水污染防治法》、《天津市水污染防治条例》等法律、法规的宣传。

（7）对保护范围封闭式管理。

（8）定期按《水质监测规范》对辖区内污染源进行调查。

该项工作由水管科制定规划，由化验岗和渠库所水政岗根据各自职责分头实施，处考核小组对工作落实情况进行检查监督。

三、水环境保护实施

1. 领导小组

组长：处长。

副组长：副处长。

成员：水管科科长、渠库所所长、派出所所长。

2. 水环境保护治理制度

（1）水政巡查。

水政人员每天对辖区内水工设施和水体进行巡查，加强对重点口门、部位的巡查力度，作好巡查记录，并将巡查情况、巡查出的问题、处理措施及时向处领导和工管处水管科汇报。

（2）水质监测。

每月1日、15日对辖区内的引滦明渠上游来水和水库水体进行常规监测，监测及时、数据准确，并及时向处领导和工管处水管科报送监测结果。每周三、五、日对向市区等输送的引滦水体进行临时监测，并将监测结果及时向处领导和工管处水管科报送。每月对辖区内周边水环境水体（青龙湾故道内水体和北京排污河水体）进行监视性监测，及时将监测结果报送处领导和工管处水管科。每年4～6月对水库水草生长情况和水体水质情况进行监测，及时打捞水草，合理放养草鱼，防止水草泛滥，污染水源。

（3）水法规宣传。

渠库所负责组织对辖区沿线的乡镇、村、学校、集市等进行《中华人民共和国水法》、《中华人民共和国水污染防治法》、《天津市水污染防治条例》等法律、法规的宣传。

（4）加强对捕捞的管理。

辖区明渠内严禁捕捞，对水库内渔业捕捞按《中华人民共和国渔业法》执行，制定禁渔期，禁止机动船，电船捕捞。

（5）每年3月组织水管人员对《供水突发事件应急预案》进行修订，并组织实施。

（6）每5年由水管科牵头组织对辖区内污染源按《水环境监测规范》进行调查，并按规范要求每年对新增污染项目进行及时调查，填写上报。

（7）对北京排污河倒虹每5年抽干全面检修一次，保证洞体完好无脱落、渗水现象。

（8）渠库所水政人员对辖区内宣传牌、警示牌、防护网、防污墙等水环境保护设施，在巡视时一并检查，出现损坏现象及时维修。

3. 辖区水环境污染源调查

（1）成员组成。

水管科科长　渠库所所长　水管科水质化验岗　渠库所水政监察岗。

（2）调查方案。

调查开始前，须对参加调查的人员进行业务培训，学习水利部颁发的《水环境监测规范》中关于污染源调查的相关章节，对调查内容、调查现象和调查表格进行认真了解和准备。

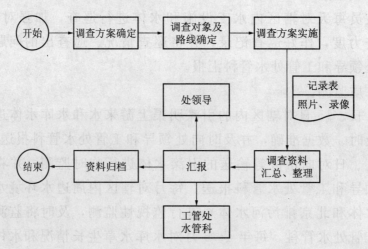

图 5-1　污染源调查流程

（3）调查时间。

每 5 年调查一次。

（4）调查对象。

尔王庄乡、大白庄镇。

（5）调查内容。

两乡镇有无污染企业和新增污染企业对引滦明渠水体是否构成污染威胁，引滦明渠有无入河排污口，是否有超标排放污染环境现象。

（6）调查重点。

在水库和明渠水质保护区内村办和乡镇办企业。

（7）调查路线。

先调查尔王庄乡政府办企业然后调查小董庄村、闫皮庄村、尔辛庄村、西杜庄村、尔王庄村、黄花淀村、高庄户村、大白庄镇、大白庄村、小白庄村、孙孝庄村、八道沽村办企业。辖区引滦明渠与原有河道交汇的工程设施（倒虹、闸）状况。

（8）调查记录。

资料、照片、录像。将调查资料汇总整理，将调查成果向我处处领导和工管处水管科汇报。

现辖区明渠潜在的主要污染源：青龙湾故道（通过倒虹吸与引滦明渠正交），北京排污河（明渠通过倒虹吸与北京排污河正交）。

第三节　水库水草防治

一、组织机构及职责

为保证水库水质不受污染，确保天津用水安全，我处根据水草生长规律，科学部署，提前防范，专门成立水草防治领导小组。

1. 领导小组

组长：副处长。

成员：水管科科长、渠库所所长、工管科科长、信息科科长、工程物业中心主任。

2. 部门职责

（1）水管科。

负责人员组织和水质监测工作。

（2）渠库所。

负责船只、水草生长量探查、水草打捞工作的具体实施。

（3）工程科。

负责工程量计算、资金需求预算、编制工作。

（4）信息科。

负责摄录器材的应用和保管，影像资料的编辑、整理、保存工作。

（5）工程物业中心。

负责水草打捞工具定制、运送、保管等工作。

二、水草生长期监测

水草监测分为定期监测和经常巡视检查

（一）定期监测

在水草生长期，水草防治领导小组对水库水草每两周进行一次水下探测，并由水管科作好详细分析记录，掌握水草的生长情况。水草防治领导小组在深入调研的基础上，逐年修订水草防治预案。

1. 监测时间

监测时间为水草生长期，从每年 3 月中旬开始，6 月上旬结束。水草生长初期每两周监测一次，水草生长后期根据水草密度和烂根情况每天监测巡查一次，随时准备进行水草打捞。

2. 监测方法及程序

由水管科组织，渠库所、信息科、工程管理科等部门技术骨干参加，对水库进行分区检查，通过水下摄相机拍摄水草生长情况，生长密度，生长高度，并作好记录，水质技术人员跟船及时采集水样，作好水草生长期间的水质监测和水质变化分析，及时上报处领导和上级调度主管部门。

3. 图像资料采集及存储

水草生长的影像资料由信息科负责摄录并保管，作好每次摄录的影像资料档案，水管科负责水草生长期间的巡查记录和水质监测记录，及时向处领导和工管处水管科汇报水草生长情况和水质监测结果。水库水草探测内容，如表 5-1 所示。

表 5-1 _____年水库水草探测内容

探测时间	年　月　日　　时　分
天气	
参加人员	
监测地点	探测内容
_____站	水草长度： 密度： 覆盖面积：
_____站	水草长度： 密度： 覆盖面积：
_____站	水草长度： 密度： 覆盖面积：
_____站	水草长度： 密度： 覆盖面积：

记录人：

年　月　日

（二）经常巡视检查

1. 巡视部门及人员

水管科：水质化验管理二岗（1）、水文调度管理一岗。

渠库所：水政监察岗。

信息科：设备管理岗。

2. 巡视内容

水库水草生长期间每天对水库进行巡视检查，水草的生长、烂根情况要随时发现，随时打捞，并上报水管科。

3. 巡视记录

按《渠库规范管理》标准填写巡视记录，发现问题及时上报主管处领导。

三、水草防治

（一）鱼类放养

我处向水库放养了草食性鱼类，利用鱼类吃草的特性在抑制水草泛滥上取得了很好效果，说明放养草鱼、鲢鱼、鳙鱼等鱼类，对水库水草生长和藻类生长起到控制作用。对被草鱼咬断的水草及时组织人力打捞，不影响安全输水。在保护水质、去除草害的同时，可以收获放养的草鱼、鲢鱼、鳙鱼等水产品，产生了一定的经济效益，使水库水质保护步入良性循环。通过生物手段治理和改善水库水环境，用鱼类控制水草和藻类爆发还处于试验阶段，现在虽取得了初步成果，但还有许多技术问题需继续摸索。

（二）人工打捞

通过在水库内巡查记录，分析莸草生长规律，制定完善人工打捞水草治理方案，明确责任人、责任部门，根据水草打捞实际定制相关打捞工具，并提前动员组织力量做好人工打捞准备工作。

（1）渠库所为水草打捞责任部门，在水草发生烂根后，及时组织人力进行水草打捞工作。

（2）工程物业中心及时将水草打捞工具定制、运送到水草打捞现场，水草打捞完毕后做好工具收集、保管等工作。

四、水草生长打捞情况分析

（1）水管科牵头在每年3月中旬对水库水草进行探测，详细记录水草生长的长度、密度，并在水库平面图上进行标注，写出水草生长不同时期的分析报告，计算出每个周期的水草打捞数量。在每年3～6月按照探测周期进行探测，将每次的探测结果进行标注，形成一套完整的水草观测分析资料。

（2）信息科把水草探测的影像资料进行剪辑归档，按影像资料要求进行保存。

（3）水草打捞工作于当年6月30日完成。

第六章 应急管理

6

第一节　应急管理工作

　　我处应急管理工作的目标是坚持以人为本，预防为主，充分依靠法制、科技和人民群众，以保障公众生命财产安全为根本，以落实和完善应急预案为基础，以提高预防和处置突发事件能力为重点，最大限度地减少突发事件及其造成的人员伤亡和危害，保稳定、保输水，促进全面工作的协调、可持续发展。我处主要通过以下四方面来开展应急管理工作。

　　1. 推行"一案三制"建设

　　一是深化预案。每年年初完善预案，应急管理实行常态化，预案内容具有可操作性。二是健全体制。水管科作为应急办公室要充分发挥应急管理指导机构、办事机构和工作机构的职能作用，建立应急管理责任追究制度。三是完善机制。突发事件发生后各应急小组抢险实行联动式，应急办公室负责突发事件的信息报告和通报、信息发布和舆论引导、社会动员等方面的工作。四是加强法制。应急办公室每半年对突发事件应对办法各项规定进行宣传，增强广大干部、职工、周边村民的防范意识。

　　2. 建立统一的应急平台体系

　　应急通信系统与引滦工管处应急办公室同步，保证两部电话，通话过程要录音，同时利用引滦信息系统，使突发事件信息共享。

　　3. 全面构建应急物资保障系统

　　应急办公室每年年初对应急物资进行核实，对于已损坏的物资清理出库，制订所缺物资购置计划，同时与周边建材商店达成协议，如遇突发事件应急物资联动调拨。

　　4. 扎实抓好应急演练工作

　　应急办公室负责制定应急演练方案，不定期开展应急实战演练，增强各应急小组突发事件的应急处置能力。

第二节　突发事件应急处理

　　突发事件是指突然发生的，造成或者可能造成重大人员伤亡、财产损失、生态环境破坏和严重社会危害，危及公共安全的紧急事件。

　　我处辖区内有可能发生的突发事件包括变电站发生爆炸、明渠闸门坍塌、泵站机械设备损坏等影响供水安全的各类供水突发事件，重大水污染突发事件，冬季安全输水突发事件。为了做好突发事件的应急处理工作，指导和应对可能发生的突发安全事故，及时、有序、高效地开展事故抢险救援工作，最大限度地减少事故可能造成的损失，保证供水安全，保护人民生命财产安全，维护社会稳定，保障经济发展，我处须对突发事件应急工作实行常态化管理，建立健全应急组织体系，制定快速有效的抢险方案。

一、应急组织体系

指挥：处长。

副指挥：副处长。

成员：各科室、所、中心负责人。

我处应急指挥部办公地点设在水管科（以下称处应急办）。

二、应急组织职责

（一）处应急办职责

（1）结合我处具体情况，制定并完善整合供水突发事件应急预案。

（2）健全抢险组织机构，成立专业应急抢险队伍，配备完善的抢险设备，交通工具。

（3）定期组织演练，积极组织开展事故应急抢险知识培训教育和宣传工作。

（4）出现供水安全事故及时向引滦应急指挥部报告，并立即组织人员进行应急处置。

（二）应急小组

下设以下八个应急小组。

1. 现场处置组

（1）人员。

组长：派出所所长。

成员：派出所民警。

（2）职责。

1）负责突发事件现场的控制和封闭。

2）负责供水突发事件的前期处理，组织应急处置工作。

2. 物资组

（1）人员。

组长：工程物业中心主任。

副组长：工程物业中心副主任。

成员：工程物业中心业务骨干。

（2）职责。

负责供水突发事件的物资供应，在最短时间内运送应急物资，确保应急物资落实到位。

3. 抢险组

（1）人员。

组长：党办主任。

副组长：党办副主任。

成员：党办科员及各所副所长。

（2）职责。

负责组织预备抢险队进行供水突发事件的抢险救援工作。

4. 后勤保障组

（1）人员。

组长：办公室主任。

副组长：办公室副主任。

成员：办公室科员。

（2）职责。

1）负责突发事件的车辆保障（不少于 4 辆车）。

2）负责供水突发事件现场拍照、摄像、录音及后勤服务工作。

5. 现场检修保障组

（1）泵站所应急小组。

1）人员。

组长：泵站所所长。

副组长：泵站所书记及副所长。

成员：泵站所站长及业务骨干。

2）职责。

① 当发生供水突发事件后，值班人员立即上报处领导和处应急办、派出所等相关部门。

② 值班所长、站长、维修人员必须在 10min 内赶到现场，由值班所长组织相关人员及时进行紧急检修及自救。

③ 如处理事故时人员不够，请求处应急办给予支援，立即采取联动式抢修和自救工作。

④ 及时向处应急办及相关部门报告情况，并立即组织进行抢险。

（2）滨海一所应急小组。

1）人员。

组长：滨海一所所长。

副组长：滨海一所书记及副所长。

成员：滨海一所站长及业务骨干。

2）职责。

① 当发生供水突发事件后，值班人员立即上报处领导和处应急办、派出所等相关部门。

② 值班所长、站长、维修人员必须在 10min 内赶到现场，由值班所长组织相关人员及时进行紧急检修及自救。

③ 如处理事故时人员不够，请求处应急办给予支援，立即采取联动式抢修和自救工作。

④ 及时向处应急办及相关部门报告情况，并立即组织进行抢险。

（3）滨海二所应急小组。

1）人员。

组长：滨海二所所长。

副组长：滨海二所书记及副所长。

成员：滨海二所站长及业务骨干。

2）职责

① 当发生供水突发事件后，值班人员立即上报处领导和处应急办、派出所等相关部门。

② 值班所长、站长、维修人员必须在 10min 内赶到现场，由值班所长组织相关人员及时进行紧急检修及自救。

③ 如处理事故时人员不够，请求处应急办给予支援，立即采取联动式抢修和自救工作。

④ 及时向处应急办及相关部门报告情况，并立即组织进行抢险。

（4）渠库所应急小组。

1）人员。

组长：渠库所所长。

副组长：渠库所副所长。

成员：渠库所水政组长及业务骨干。

2）职责。

① 当发生供水突发事件后，值班人员立即上报处领导和处应急办、派出所等相关部门。

② 负责协调和组织供水突发事件的应急工作，根据需要向处应急办报告事故情况和应急措施。

③ 组织人员对供水突发事件的调查，并做好辖区内的水工设施的巡视检查工作。

6. 工情组

（1）人员。

组长：工管科科长。

副组长：工管科副科长。

成员：工管科业务骨干。

（2）职责。

在供水突发事件发生时负责对外围重点工程设施的巡视检查工作，发现问题及时上报处应急办。

7. 水质组

（1）人员。

组长：水管科副科长。

成员：水管科水质化验组长及化验人员。

（2）职责。

1）负责尔王庄管理处供水突发事件后的水质监测工作。

2）负责水污染事件的取样送检工作。

8. 调度组

（1）人员。

组长：水管科科长。

成员：水管科调度组长及调度员。

（2）职责。

1）负责供水突发事件后的输水调度、水源切换工作。

2）负责工情、水情的信息收集、汇总、上报等工作。

三、运行机制

（一）预防和预警机制

1. 预防预警信息

（1）水温、气象信息。

水管科加强对灾害性天气的了解，掌握相关水情、雨情信息，及时作出预测。当预报即将发生洪水灾害时，水管科应提早预警，通知有关部门作好相应准备。当发生洪水时，水管科要按照水文测验规范加密观测水情、雨情的测验，及时向处应急办上报测验结果，雨情、水情应在观测 20min 内报到引滦应急指挥部，为防洪调度、保证供水安全的指挥决策提供依据。

（2）工程信息。

渠库所负责辖区范围内的工程设施巡视检查，发现问题立即上报处应急办，同时信息科保障各类工情信息按标准准时传入数据库，派出所每周对场区内红外报警装置进行检查，一旦发生险情，立即预警。当工程出现机电设备故障、操作失误或遭遇超标准洪水等自然灾害造成建筑物破坏，发生险情时，工管科应迅速组织抢险，处应急办在第一时间内向其他可能遭受相应险情的有关区域预警，同时按照事件的级别在规定时间内向引滦应急指挥部报告。

（3）水质信息。

通过对现场资料收集，充分了解我处水质污染源的类型、范围及分布，各种类型污染源排放的污染物种类、数量及其随时间变化状况，明确污染物来源、污染物成分及汇入途径，以及可能发生的供水突发性水污染类型及风险级别；确定主要污染源、主要污染物，包括工业污染源、农业污染源、交通运输污染源、生活污染源、潜在的生物污染及人为投毒等。水质监测化验室按照《水质监测管理办法》的要求监测辖区水质，发生险情及时预警并跟踪化验，必要时将水样送至市水环境监测中心。

（4）生物灾害信息。

生物灾害是指污水、微生物、细菌对水体造成的污染，主要表现为病菌、寄生虫卵、病毒等，我处水质监测化验室要结合卫生防疫部门相关信息，做好疫情防控工作。一旦发生某生物灾害，第一时间对灾害调查确认，进行事件等级确定，根据相应的水污染处理方案在卫生防疫部门的配合下进行供水应急响应。

2. 预防预警行动

（1）思想准备。

加强宣传，增强全体职工对供水突发事件的预防意识，作好应急抢险的思想准备。

（2）组织准备。

建立健全应急组织指挥机构，落实各级应急责任人、各级各类应急队伍和工程重点区域的监测网络及预警措施，加强应急专业机动抢险队和应急服务组织的建设。

（3）工程准备。

按时完成病险、破损工程修复和水源工程建设任务，对存在病险的渠道、水库、涵闸、泵站等水利工程设施实行应急除险加固。

（4）预案准备。

修订完善各类工程事故预案、水污染预案、洪水预报方案、防洪调度规程、防洪应急预案、水库垮坝应急预案。针对工程险工险段，还要制定工程抢险预案。

（5）物料准备。

按照分级负责的原则，储备必需的应急抢险物料，合理配置。

（6）通信准备。

充分利用社会通信公网，确保引滦供水通信网络系统完好和畅通。健全水文、气象测报站网，确保雨情、水情、工情、灾情信息和指挥调度指令的及时传递。

（7）应急检查。

按照指挥部的要求，工情组立即巡视检查辖区内的水工设施、各泵站的机电设施和院区的红外报警装置，发现问题要及时上报，做到职责明确、立即整改。

3. 预警级别与确定原则

在供水突发事件监测、预测、分析的基础上，根据供水突发事件的特点、发生范围、性质、演变过程，可能造成的供水破坏、人员伤亡、财产损失和生态破坏，影响和威胁经济社会稳定和政治安定局面的不同程度确定预警级别。预警级别分为四级：Ⅰ级（特别严重）、Ⅱ级（严重）、Ⅲ级（较严重）和Ⅳ级（一般）。

(二) 信息报告及发布

1. 基本原则

(1) 汛情、水情、工情、险情、灾情等事件信息的报送和处理，应快速、准确、翔实，最先接到事故信息的单位应在第一时间报告，重要信息应立即（处应急办、引滦应急指挥部）上报，因客观原因一时难以准确掌握的信息，应及时报告基本情况，同时抓紧了解情况，随后补报详情。

(2) 处应急办接到特大、重大的汛情、水情、险情、灾情等供水突发事件报告后，应立即报告引滦应急指挥部，并及时续报。

(3) 突发事件信息实行分级上报，归口处理，同级共享，报告内容要客观真实，不得主观臆断。

2. 报告程序

(1) 供水突发事件发生后，知情人或知情基层单位有责任和义务立即拨打应急处理电话报告。处应急办接报后，立即派人员前往现场初步确认是否属于突发事件。

(2) 突发事件一经确认，按照事件的级别，应在事件发生后尽快写出事件快报，并立即向引滦指挥部报告。

(3) 若系水源、水质、传染性疾病引起的突发事件，应在征得引滦应急指挥部同意后立即通报环保、卫生防疫等部门。

3. 信息发布

我处在对突发事件的发生、发展动态、发展趋势进行分析的基础上，及时、准确地向引滦应急指挥部提出预警和信息发布建议。引滦应急指挥部根据突发事件的危害性和紧急程度，进行信息发布、调整和解除信息。

供水突发事件信息统一由处应急办向引滦应急指挥部报送和发布，任一下级部门和个人不得随意发布。

(三) 应急响应

以处应急办为主要负责机构，指导应急工作进行，并向引滦应急指挥部随时汇报和申请协助工作。

(1) 处应急办按照权限作出应急工作安排，指挥抢险；处应急办和各应急小组全体工作人员迅速到位并坚守岗位，根据职责分工，补充、核实有关事件和应急情况，并提出工程的抢险、抢修等建议方案；处应急办组织抢险组赴现场协助、指导应急救援工作。

（2）处应急办按照上级指示启动预案，迅速采取有效措施，派人赶赴事件现场；动员部署抢险工作，及时控制险情，组织抢险，防止事态扩大；负责维护现场秩序和证据收集工作；同时，增加值班人员，加强值班和巡视监督工作；服从引滦应急指挥部统一部署和指挥，了解掌握事故情况，协调组织抢险救灾和调查处理事宜，并及时报告事态趋势及状况。管理处内的各级负责人应按照职责到分管的辖区组织指挥抢险工作。

四、抢险措施

（一）工程类抢险措施

为了预防工程险情的发生，体现"预防为主"的原则，我处要加强工程管理，提高处理应急突发事件的能力。在满足供水的前提下，处应急办按下列抢险方案立即投入抢险，同时将险情报引滦应急指挥部。

1. 泵站抢险方案

泵站出现停电、供水设备故障、控制设备故障、辅机设备故障、机械故障，引起泵站不能输水时，发现人第一时间上报处应急办，由处应急办派人察看现场情况，并上报引滦应急指挥部。处应急办组织专业人员，执行工程抢险方案。

（1）停电处理方案。

向上级汇报情况，申请更改输水方式。

（2）供电设备故障处理方案。

1）安排施工机械（运输车）、人员（养护工、物业中心人员、运行工）。

2）组织养护工进行检修，如供电设备（主开关或变压器）烧毁，购置新部件（主开关或变压器）。

3）更换新部件（主开关或变压器）。

4）试运行24小时正常，上报引滦应急指挥部。

5）整理事故处理报告，报送引滦应急指挥部。

（3）控制设备处理方案。

1）安排施工机械（运输车）、人员（养护工、物业中心人员、运行工）。

2）组织养护工进行检修，如整流系统损坏或控制电流总开关烧毁，购置新部件。

3）更坏新部件。

4）试运行正常，上报引滦应急指挥部。

5）整理事故处理报告，报送引滦应急指挥部。

（4）辅机设备故障处理方案。

1）安排施工机械（运输车）、人员（养护工、物业中心人员、运行工）。

2）组织养护工进行检修，如低压气系统、油压系统控制开关烧毁。

3）更坏新开关。

4）试运行正常，上报引滦应急指挥部。

5）整理事故处理报告，报送引滦应急指挥部。

2. 渠道堤防、桥梁、暗渠、涵洞坍塌抢险方案

对于引滦入津工程渠道堤防、桥梁、暗渠、涵洞发生坍塌事故，发现人第一时间上报处应急办，由处应急办派人现场察看坍塌情况后，如在输水期间，影响正常输水，上报引滦应急指挥部。处应急办组织专业人员，执行工程抢险方案。

（1）桥梁、涵洞发生事故处理方案。

1）设置警戒线。

2）安排施工机械（挖掘机、装载机、运输车）、人员（水工人员、工程养护人员、物资保障人员）。

3）上下游设置围堰。

4）架设临时电缆，安排排水泵进行施工排水、架设临时照明。

5）利用挖掘机清理坍塌物，并将其运至指定地点。

6）拆除围堰。

7）确认可以正常输水，上报处应急办。

（2）渠道坍塌处理方案。

1）设置警戒线。

2）安排施工机械（挖掘机、装载机、运输车）、人员（水工人员、工程养护人员、物资保障人员）。

3）架设临时电缆，安装临时照明。

4）利用挖掘机清理坍塌物，并将其运至指定地点。

5）堤防出现豁口时使用麻袋、土石围堵豁口。

6）确认可以正常输水，上报处应急办。

3. 闸门抢险方案

启闭闸门时一旦出现停电、电机烧毁、钢丝绳或连接部件折断等情况，发现人应第一时间上报处应急办，由处应急办成员派人察看现场情况，并

上报引滦应急指挥部。处应急办组织专业人员，执行工程抢险方案。

（1）停电处理方案。

1）安排施工机械（吊车）、人员（闸门工、养护工）。

2）启用备用电源或使用吊车将闸门吊起。

3）安装闸门锁定装置，将闸门锁定。

（2）电机烧毁处理方案。

1）安排施工机械（运输车、吊车）、人员（闸门工、养护工、物业中心人员）。

2）将备用电机运至事故现场，更换烧毁电机。

（3）钢丝绳或连接部件折断处理方案。

1）安排施工机械（运输车、吊车）、人员（闸门工、养护工、物业中心人员）。

2）将同规格钢丝绳运至事故现场，使用高梯更换钢丝绳。

（4）闸门槽变形处理方案。

1）安排施工机械（运输车、吊车）、人员（闸门工、养护工、物业中心人员）。

2）对卡死部位采取初步处理措施后，如仍不能利用电机正常提起，利用吊车吊起。

4. 尔王庄水库堤坝

因降水出现险情，辖区外围分洪时启动我处防洪预案。

（二）水污染类抢险措施

1. 迅速报告

在接到事故报警后，值班人员应作好详细记录，包括时间、地点、人物、事件及状况，同时予以核实，启动应急预案。我处在1小时内向引滦应急指挥部报告。同时，采取必要的措施以减小受害范围。

2. 快速出击

接到报告后，处应急办指令各应急处置小组赶赴现场。其中应急监测小组应携带污染事故专用应急检查、监测设备，在最短时间内（最长不得超过30min）赶赴现场。

3. 现场控制

应急小组到达现场后，参与现场控制和处理，尽可能减少污染物产生，防止污染物扩散；根据现场勘验情况，配合划定警戒线范围，禁止无关人员靠近。

4. 现场调查

现场调查处理工作比较复杂，需根据事件的类别、性质作具体处理，总的步骤如下。

（1）进一步了解事件情况，包括污染发生时间、地点、经过和原因、污染来源及可能污染物、污染途径及波及范围。

（2）形成初步印象，根据污染特点，确定污染种类。

化学性污染包括：一般剧毒，有毒、有害化学物品（如氰化物、砷、汞、Cr^{6+}、亚硝酸盐、农药、氨氮、石油类、磷等）污染饮用水源事件，可能损害人体健康甚至危及生命；来源于工业为主的污染源如造纸厂、电镀厂等几种排污，冶炼废渣浸泡后突发排放；农业污染为主的如突发农药污染；交通意外造成的水源污染，农田施农药后暴雨造成的污染；恶意人为投毒。化学污染的典型污染物，如表 6-1 所示。

表 6-1　化学污染典型污染物

非金属有毒物	氰化物、氟化物、硫化物、砷化物
重金属	汞、镉、铬、铅、铜、锌
放射性物质	铀—235、锶—90、铯—137、钚—239
酸碱盐类	硫酸、硝酸、盐酸、磷酸、氢氧化钠（钙）、无机盐
致色物质	铁盐、锰盐、色素、染料、腐殖质
油类	石油及其制品
致臭物质	氨、硫化物、酚、胺类、硫醇
营养物质	硝态氮、亚硝态氮、氨氮
需氧有机物质	碳水化合物、蛋白质、油酯、动植物尸体
易分解有机毒物	酚、苯、醇、有机磷农药
难分解有机毒物	无机磷农药、洗涤剂等

提出调查分析报告，我处应急小组协助引滦应急指挥部根据现场调查和查阅有关资料并参考专家意见，提出初步调查分析结论。初步的调查分析结论应包括该事故的污染源、污染物、污染途径、波及范围，该事故的原因、经过、性质及教训等。提出科学的污染处置方案，对事故影响范围内的污染物进行初步处理处置，以减少污染。

（3）情况上报。

应急小组将现场调查情况及采取措施报告处应急办，分 4 小时速报和 8 小时确报。处应急办负责报告引滦应急指挥部，并据事故影响范围大小，引滦应急指挥部决定是否增调有关专家、人员、设备、物资前往现场增援。

5. 响应措施

（1）在接到重大水污染事件通知后，水质监测组以最短时间赶到现场。

（2）在我处辖区内水质出现异常情况时要立刻向处应急办和引滦应急指挥部汇报，并跟踪化验。

（3）在出现重大水污染事件后，水质人员应及时采集水样送往天津市水环境监测中心进行化验，结合水政和派出所调查原因并加强巡视，随时掌握水情变化。

（4）引滦明渠上游——引青入潮倒虹吸出口至入塘节制闸段发生重大水污染事件后，立即向处应急办和引滦应急指挥部汇报，并与潮白河管理处取得联系，调查水污染原因，请求关闭引青入潮倒虹吸出口闸门，并及时关闭入塘节制闸，然后对引滦明渠进行封堵，利用水库水源向市区和滨海新区供水。在引滦明渠左侧小白庄排水渠安装水泵，设立排水点，将污水排入青龙湾河故道，待作污水处理。在正常运行的情况下，明渠水位一般在 0.20m 左右，所排污水 81.6 万 m³，流量 3.00m³/s，三天可以排完。封堵明渠所需土方量 639.00m³。

（5）引滦明渠上游——入塘节制闸至明渠防洪闸段发生重大水污染事件后，立即向处应急办和引滦应急指挥部汇报，并通知宜兴埠管理处采取措施，同时根据引滦工管处水管科调度安排停止向滨海新区各用水户供水，开启防洪闸，关闭入塘节制闸，开启水库 2#闸向明渠放水，冲排明渠污染河段，所排污水水量在 130.6 万 m³ 左右，自流道过量按 15.0m³/s 计算，一天可以排完。污水排入防洪闸下游明渠，期间我处将对水质进行时段化验，待水质合格后关闭防洪闸，恢复正常供水。在排污水期间，市区用水由水库供给。

封堵上游明渠土坝工程及排水设备统计如表 6-2 所示。

（6）引滦明渠下游发生重大水污染事件后，立即向处领导和上级主管部门（引滦工管处）汇报，并通报宜兴埠管理处采取措施，同时根据引滦工管处水管科调度安排停止向下游供水，调查水污染原因。

（7）我处水库发生重大水污染事件后，立刻向处应急办和引滦应急指挥部汇报，同时关闭水库 1#闸，根据工管处调度安排由上游明渠向暗渠泵站及滨海新区各泵站供水，并增加水库取样点和水质监测密度，并与水质监测总中心取得联系，待确定污染物类型后，请求于桥水库停止向下游供水，关闭暗渠泵站及滨海各泵站；关闭入塘节制闸；将北排进、出口闸 3 孔闸门全部开启；将防洪闸 3 孔闸门全部开启；开启水库 2♯ 闸进行弃水（水库水位一般在 4.5m 左右，弃水所用时间在 12 天左右），将弃水排入新引河；待污水排完后，请求于桥水库向下游供水，放量在 33m³/s 左右向市区及滨海新区供水，余量补库。

（8）我处水库发生富营养化，水草（或藻类）发生大面积异常生长，应急小组应立即报告处应急办，由处应急办报告引滦应急指挥部。安排水质监测人员对库区水质及水草生长情况进行跟踪监测，将监测结果上报处应急办；当水库水质指标超标时，停止用水库供水；请求上游增加放量进行补库，进行水库水体置换，降低富营养化程度，改善水质。根据情况在水库库区内投放草食性或滤食性鱼类，通过生物的方法来降低富营养化指标。另外在水草烂根季节（4、5、6 月）组织人员进行人工打捞，避免水质严重超标。

（9）日常巡视检查：白天巡视检查每周不少于两次，夜间巡视检查每周不少于两次，巡查人员要认真作好记录。

（10）汛期巡视检查：汛期期间除进行日常巡视检查外，要增加夜间和双休日的巡视检查次数，对重要设施和重要部位重点检查。

（11）出现特殊情况时，由派出所（现场处置组）、水质组、物资组、现场检修保障组（泵站所、滨海一所、滨海二所、渠库所）、调度组等共同配合，水政人员要做到昼夜巡视并保障通信 24 小时畅通。同时，要对污染的区域进行拦截除污等。

表 6-2　封堵上游明渠土坝工程量及排水设备统计表

名称	单位	数量	备注
尼龙袋	袋	12 780	编织袋厂备用
黏土	m³	639.0	
木锨	把	50	
运输车	辆	4	
潜水泵	台	10	5 台备用
电力电缆	m	500	
刀闸	个	10	

（三）水污染调度方案

1. 青龙湾倒虹出口至入塘节制闸段水质发生污染调度方案

（1）请求于桥水库停止向下游供水，同时关闭入塘节制闸。

（2）关闭暗渠泵站，开启尾水闸，由水库向市区及滨海新区供水。

（3）待查清污染源后，关闭尾水闸；关闭滨海新区所有泵站及取水口闸门，滨海新区暂时停止供水，市区供水由水库供给。

（4）请求于桥水库向下游放水，同时开启北排倒虹进、出口闸 3 孔闸门；开启防洪闸 3 孔闸门；开启入塘节制闸，冲排污染水体，通过自流道以 20m³/s 流量弃水需要 28.41 小时。

（5）如果关闭自流道，明渠泵站开启 3 台机组，以 30m³/s 流量弃水需要 18.94 小时。

2. 入塘节制闸至明渠站前段水质发生污染调度方案

（1）关闭暗渠泵站；关闭滨海新区所有泵站及取水口闸门，滨海新区暂时停止供水，市区供水由水库供给。

（2）开启北排倒虹进、出口闸 3 孔闸门；开启防洪闸 3 孔闸门，冲排污染水体，通过自流道以 20 m³/s 流量弃水需要 16.59 小时。

（3）如果关闭自流道，明渠泵站开启 3 台机组，以 30 m³/s 流量弃水需要 11.06 小时。

3. 明渠站前至防洪闸段水质水质发生污染调度方案

（1）关闭暗渠泵站，关闭入聚、入港、入杨泵站及取水口闸门，入聚、入港、入杨暂时停止供水，市区供水由水库供给。

（2）关闭自流道闸，同时开启北排倒虹进、出口闸 3 孔闸门；开启防洪闸 3 孔闸门。

（3）明渠泵站开启 3 台机组冲排污染水体，以 30 m³/s 流量弃水需要 3.56 小时。

引滦明渠青龙湾倒虹出口闸至站前水位与槽蓄水量的关系如表 6-3 所示。

4. 防洪闸至北排倒虹进口闸段水质发生污染调度方案

（1）开启北排倒虹进、出口闸 3 孔闸门；开启防洪闸两边孔闸门，闸上水位控制在 −0.5m 以上。

（2）通过自流道闸，以 20 m³/s 流量弃水需要 4.86 小时。

以上数据是根据尔王庄管理处站前水文测验断面正常高水位 0.20m

（黄海高程）计算得出，排弃水量以排出北京排污河倒虹出口闸断面计算。

表6-3　引滦明渠青龙湾倒虹出口闸至站前水位与槽蓄水量关系表

水位（m）	蓄水量（万 m³）	水位（m）	蓄水量（万 m³）
0.50	180.83	−0.10	147.94
0.40	175.28	−0.20	142.68
0.30	169.67	−0.30	137.50
0.20	164.13	−0.40	132.38
0.10	158.66	−0.50	127.34
0.00	153.26	−0.60	123.82

（四）冬季输水抢险措施

1. 冬季输水方案

（1）增加明渠、水库和各供水口门的巡视次数，及时掌握冰冻时间、冰凌情况，作好详细记录。水管科设专人记录每天的天气预报。

（2）在有强寒流到来之前抬高明渠水位，降低流速，使水面封冻结冰，使其不产生流冰，并逐渐增加结冰厚度，形成厚达 0.2～0.3m 的冰盖。水调人员每三天观测一次结冰厚度。

（3）冰盖形成后，适当降低水位，并保持稳定流速流量，以保持冰盖不受破坏。

（4）水管科加强与工管处、潮白河、宜兴埠管理处水管部门的沟通联系，每天将水情和冰情及时上报引滦工管处水管科。

（5）水管科严格执行引滦工管处的调度安排，按调度内容进行泵站、水闸操作。

（6）水管科要随时掌握所辖泵站、水库、明渠的输水运行情况，在出现异常情况时，将启动我处冬季安全输水预案，并立即向主管领导和引滦工管处水管科汇报。

（7）各泵站运行人员时刻关注前池水位和拦污栅前冰凌、流冰情况，温度在 −10℃时，各泵站安排专人进行看守，发现问题及时向所长和水管科汇报并采取措施。

（8）泵站所、滨海一所、滨海二所运行人员在正常输水期间发现前池水位在每小时以内有 0.1m 水位变化时，要及时向水管部门报告。

（9）水管科严格按规定做好水质监测工作，在输水运行方式改变时加大临时监测密度，并将监测结果上报引滦工管处水管科。

（10）水文调度人员加大水位巡视观测密度，及时调度暗渠泵站调整运行机组开机台数和运行角度，保证明渠水位运行平稳。

（11）水政人员严格执行检查制度，每天两次对所辖水库、明渠进行冰情、水情检查，作好详细记录。

（12）渠库所加大对水库 0+000～0+500 和 8+500～13+200 易发生冰爬坡坝段巡视检查密度，随时掌握冰爬坡情况。

（13）渠库所巡视人员密切关注入塘节制闸以下明渠段两侧冰凌，对松动的冰凌跟踪注视变化情况，并及时通知水管和运行部门采取措施。

（14）泵站运行人员要时刻注视机组运行情况，每小时对取水口进行一次检查，密切关注前池水位和拦污栅前冰凌、流冰情况。

（15）严格执行领导带班制度。水管科、泵站所、滨海一所、滨海二所、渠库所，常年保持科长、所长带班，及时处理突发事件。

2. 冬季输水抢险措施

（1）暗渠泵站。

1）冰凌数量少且体积小时堵塞拦污栅，可用捞草机进行打捞，遗漏下的碎冰凌可用捕鱼工具"细眼网抄"进行打捞。

2）冰凌数量多但体积小时堵塞拦污栅，可将 3 台捞草机全部开启进行打捞，并组织相关人员用铁杆、钢管将体积稍大的冰凌打碎，用大绳把小冰凌圈起，再用"细眼网抄"进行打捞。

3）冰凌数量多且体积大时堵塞拦污栅，应立即组织相关人员在捞草机附近的冰凌上打眼并架设 2～4 台潜水泵，对冰凌进行冲刷，同时用铁杆、钢管将体积稍大的冰凌打碎后开捞草机，开机时应点动，一方面是把冰凌打捞上来，另一方面是用捞草机耙齿的振动将冰凌震碎。打捞人员可用挠钩、铁锚钩将大块冰凌引到岸边砸碎后打捞，大块冰凌打捞后，用大绳把小冰凌圈在一起用"细眼网抄"进行打捞。

4）冰凌数量多、体积大或由于某些原因突然堵塞拦污栅，应立即通知水管科，由水管科负责与上级水管单位（工管处）联系，要求停下运行的机组，并将尾水闸打开使前池水倒流，冲开冰凌，使冰凌与捞草机之间有间隙，然后用铁杆、钢管将体积稍大的冰凌打碎后再开捞草机，开机时应点动，一方面是把冰凌打捞上来，另一方面是用捞草机耙齿的振动将冰凌震碎。打捞人员可用挠钩、铁锚钩将大块冰凌引到岸边砸碎后打捞，大块冰凌打捞后，用大绳把小冰凌圈在一起用"细眼网抄"进行打捞。

（2）滨海泵站。

1）冰凌数量少且体积小时堵塞拦污栅，可用捕鱼工具"细眼网抄"进行打捞。

2）冰凌数量多但体积小时堵塞拦污栅，组织相关人员用铁杆、钢管将体积稍大的冰凌打碎，用大绳把小冰凌圈起，再用"细眼网抄"进行打捞。

3）冰凌数量多且体积大时堵塞拦污栅，应立即组织相关人员在取水口附近架设高压水泵，对冰凌进行冲刷，同时用铁杆、钢管将体积稍大的冰凌打碎。打捞人员可用挠钩、铁锚钩将大块冰凌引到岸边砸碎后打捞，大块冰凌打捞后，用大绳把小冰凌圈在一起用"细眼网抄"进行打捞。

4）冰凌数量多、体积大或由于某些原因突然堵塞拦污栅，由水管科负责与上级水管部门（工管处）联系，要求停下运行的机组，然后在取水口附近架设高压水泵，对冰凌进行冲刷，同时用铁杆、钢管将体积稍大的冰凌打碎。打捞人员可用挠钩、铁锚钩将大块冰凌引到岸边砸碎后打捞，大块冰凌打捞后，用大绳把小冰凌圈在一起用"细眼网抄"进行打捞。

供水突发事件组织体系如图 6-1 所示，相关文档如表 6-4 至表 6-11 所示。

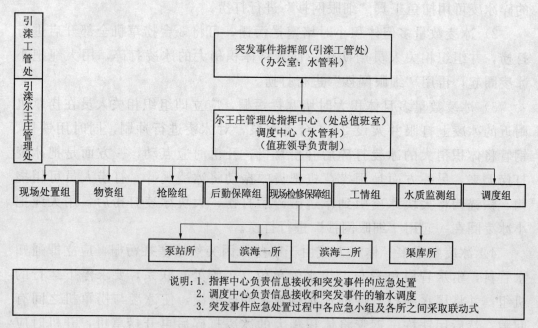

图 6-1　供水突发事件组织体系及联络图

表 6-4 突发事件快报

上报时间：　　年　　月　　日　　时　　分

上报单位基本情况	
报告单位	天津市引滦工程尔王庄管理处
单位负责人	处长
联系电话	
联系地址	天津市宝坻区尔王庄乡
突发事件基本情况	
时　　间	
地　　点	
类　　别	
可能的危害程度	
影响范围	
供水影响程度	
事件简要经过	
原因初步分析判断	
事件发生后采取的应急处理措施及事件控制情况	
需要有关部门和单位协助抢救和处理的有关事宜	
事件报告单位	
事件报告签发人	
报告时间	
其他需要上报的有关事项	

表 6-5　突发事件处置流程单

年　月　日		记录人：	
序号	操作时间	工作内容	操作
1		接收突发事件信息 上报部门： 发生时间： 报告人： 事件简要描述：	☐
2		报带班领导：	☐
3		报处应急办（水管科）电话：	☐
4		报主管处长：（主管处长向工管处汇报）	☐
5		报工管处应急办（水管科）电话：	☐
6		制定应急调度方案，选用　　　　号应急调度方案	☐
7		应急方案报主管处长确认（主管处长报工管处应急调度方案） 处长签字：	☐
8		应急方案报工管处应急办公室确认。 电话：　　　　　　　　　接电话人：	☐
9		下发应急调令（要求各部门及时反馈执行和现场所有情况）	☐
10		及时向引滦工管处应急办反馈处理情况	☐

表 6-6 应急调度通知（一）

编号：（　　　年）1—1号

发通知时间	年　　月　　日　　时　　分		
发通知人		批准人	
接收单位	尔王庄管理处泵站所、滨海一所、滨海二所	接通知人	
通知内容	于桥水库以下输水明渠及尔王庄水库发生水质污染，根据引滦工管处应急办公室（水管科）调度安排，请泵站所按如下要求执行： 　　立即关闭大尔路入暗渠闸、暗渠泵站、水库1♯闸、自流道进口闸，入塘节制闸 　　请滨海一所按如下要求执行： 　　关闭入港、入杨、入聚泵站及取水口闸门 　　请滨海二所按如下要求执行： 　　关闭入塘、入开、入汉泵站及取水口闸门 　　调令执行和现场所有情况，立即报处应急办（引滦尔王庄管理处水管科） 　　反馈电话： 　　　　　　抄送：引滦工管处水管科		
领导批示	经请示＿＿＿＿引滦工管处领导同意，请立即执行 　　　　　　　签发处长签字：		
执行情况			

引滦尔王庄管理处水管科

表 6-7 应急调度通知（二）

编号：（　　　年）2—1 号

发通知时间		年　月　日　时　分		
发通知人			批准人	
接收单位	尔王庄管理处泵站所、滨海一所、滨海二所		接通知人	
通知内容	于桥水库以下输水明渠发生水质污染，根据引滦工管处应急办公室（水管科）调度安排，请泵站所按如下要求执行： 　　立即关闭暗渠泵站、关闭自流道进口闸，入塘节制闸，利用水库向市区供水 　　请滨海一所按如下要求执行： 　　立即关闭入港、入杨、入聚泵站及取水口闸门 　　请滨海二所按如下要求执行： 　　立即关闭入塘、入开、入汉泵站及取水口闸门 　　调令执行和现场所有情况，立即报处应急办（引滦尔王庄管理处水管科） 反馈电话： 　　　　抄送：引滦工管处水管科				
领导批示	经请示_____引滦工管处领导同意，请立即执行 　　　　　　签发处长签字：				
执行情况				

引滦尔王庄管理处水管科

表 6-8　应急调度通知（三）

编号：（　　　　年）3—1 号

发通知时间	年　　　月　　　日　　　时　　　分		
发通知人		批准人	
接收单位	尔王庄管理处泵站所	接通知人	
通知内容	于桥水库以下至潮白河站前明渠发生水质污染，根据引滦工管处应急办公室（水管科）调度安排，请泵站所按如下要求执行： 　　　　时　分关闭暗渠泵站，利用水库向市区供水 　　调令执行和现场所有情况，立即报处应急办公室（引滦尔王庄管理处水管科） 　　反馈电话： 　　　　　　抄送：引滦工管处水管科			
领导批示	经请示_____引滦工管处领导同意，请立即执行 　　　　　　　签发处长签字：			
执行情况				

引滦尔王庄管理处水管科

表 6-9 应急调度通知（四）

编号：（　　　年）4—1 号

发通知时间	年　　月　　日　　时　　分		
发通知人		批准人	
接收单位	尔王庄管理处泵站所、滨海一所、滨海二所	接通知人	
通知内容	潮白河倒虹吸下游至尔王庄站前明渠发生水质污染，根据引滦工管处应急办公室（水管科）调度安排，请泵站所按如下要求执行： 1. 立即关闭暗渠泵站，利用水库向市区供水 2. 关闭入塘节制闸、自流道进口闸 请滨海一所按如下要求执行： 立即关闭入港、入杨、入聚泵站及取水口闸门 请滨海二所按如下要求执行： 立即关闭入塘、入开、入汉泵站及取水口闸门 调令执行和现场所有情况，立即报处应急办公室（引滦尔王庄管理处水管科） 反馈电话： 　　　　　　　　抄送：引滦工管处水管科		
领导批示	经请示＿＿＿＿＿引滦工管处领导同意，请立即执行 　　　　　　　　签发处长签字：		
执行情况			

引滦尔王庄管理处水管科

表 6-10 应急调度通知（五）

编号：（　　　年）5—1号

发通知时间	年　　月　　日　　时　　分		
发通知人		批准人	
接收单位	尔王庄管理处泵站所	接通知人	

通知 内容	大张庄以上入市暗渠发生水污染突发事件，根据引滦工管处应急办公室（水管科）调度安排，请泵站所按如下要求执行： 　1. 立即关闭大尔路暗渠闸 　2.　　时　　分关闭暗渠泵站、水库1♯闸、北排河暗渠闸 　调令执行和现场所有情况，立即报处应急办公室（引滦尔王庄管理处水管科） 　反馈电话： 　　　　　抄送：引滦工管处水管科
领导 批示	经请示_____引滦工管处领导同意，请立即执行 　　　　　　　　签发处长签字：
执行 情况	

引滦尔王庄管理处水管科

表 6-11 应急调度通知（六）

编号：（   年）6—1 号

发通知时间	年 月 日 时 分		
发通知人		批准人	
接收单位	尔王庄管理处泵站所	接通知人	
通知内容	于桥水库发生水质污染突发事件，根据引滦工管处应急办公室（水管科）调度安排，请泵站所按如下要求执行： 1.　　时　　分关闭暗渠泵站，利用水库向市区供水 2.　　时　　分关闭入塘节制闸，将尾水闸开启　　cm 向明渠供水 　　调令执行和现场所有情况，立即报处应急办公室（引滦尔王庄管理处水管科） 反馈电话： 抄送：引滦工管处水管科		
领导批示	经请示_____引滦工管处领导同意，请立即执行 签发处长签字：		
执行情况			

引滦尔王庄管理处水管科

第七章 防汛工作

7

我处成立防汛指挥部（同应急管理组织机构），办公室设在水管科。指挥部负责领导、指挥我处防汛抢险工作，组织防汛物资筹备和各项防汛抗洪措施的检查落实工作，及时做好防汛抢险过程中的处置工作。

第一节　汛前检查

汛前检查工作是一项细致全面的检查、勘察工作，我处防汛工作重点是场区自保。宿舍区、下游输水明渠、锅炉房、入塘、入汉、入开、入杨、入聚、入港泵站坐落在第三分洪区；场区，水库，明、暗渠泵站，上游输水明渠坐落在第五分洪区。

一、检查时间

每年五月上旬防汛检查小组对我处辖区进行汛前检查。

二、防汛组织

指挥：处长。
副指挥：副处长。
成员：水管科科长、工管科科长、人力资源科科长、信息科科长、渠库所所长、滨海一所所长、滨海二所所长、工程物业中心主任、办公室主任。
防汛指挥部设在水管科，具体检查落实工作由水管科牵头组织实施。

三、检查内容

（一）检查程序及流程

防汛检查小组依次对我处场区、防汛物资库房、滨海一所、滨海二所、明渠、水库、职工宿舍楼、家属区进行全面检查。汛前检查流程如图 7-1 所示。

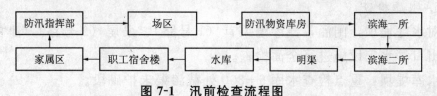

图 7-1　汛前检查流程图

（二）各部位的检查内容

1. 场区检查

防汛检查小组对场区的排水口和排水管道检查是否畅通。具体部位在明渠泵站后池 40m 处靠明渠右坡岸和水库 1 号路截渗渠渠首处。

2. 防汛物资库房检查

核实防汛物资的储备情况检查物资完好率。防汛物资库房有 6 寸离心泵 10 台、2 寸潜水泵 1 台、4 寸潜水泵 9 台、5 寸潜水泵 5 台，胶管 6 寸（4m）14 条、布胶管 4 寸 2 根，电缆 2 100m，电源箱 5 个，空气开关 5 个，编织袋 3 000 条，铁锹 20 把，三角带 4 条，8 号铅丝 1 盘。

3. 滨海一所检查

对滨海一所入港泵站、入聚泵站和入杨泵站场区进行检查。入杨泵站场区高程为 3.33m，分洪水位为 3.00m，高于分洪水位 0.33m，重点检查部位在入港泵站、入聚泵站场区的排水口。

4. 滨海二所检查

对滨海二所入汉泵站、入开泵站、入塘泵站场区内排水井进行检查。三个场区中入塘泵站场区最低，平均高程为 1.63m，低于防洪水位 1.37m，重点检查部位在入塘泵站场区的沥水排放井和排水设备。

5. 明渠检查

对横跨明渠的桥梁、闸涵、渡槽、堤埝、坡面等水工建筑物进行全面检查，复测明渠重点部位高程。

桥梁：战备桥、小白庄桥、孙校庄桥、八道沽桥、五队农场桥、尔辛庄桥、闫皮庄桥。

闸涵：入塘节制闸、自流道、下游防洪闸、北排倒虹吸进出口闸。

渡槽：在五队农场桥下。

堤埝、坡面：辖区内明渠左右岸。

复测明渠重点部位高程：高庄户段防洪石墙，复测后（黄海）高程为 3.19m。

6. 水库检查

对水库堤坝，闸涵，截渗渠渠首（1 号路）、渠尾（2 号路），小白庄倒虹吸出口等水工设施进行全面检查。

水库堤坝：重点检查水库 6+800 处截渗渠未护砌段。

闸涵：1#闸、2#闸、尾水闸。

截渗渠渠首：在水库 1 号路。

截渗渠渠尾：在水库 2 号路。

小白庄倒虹吸出口：小白庄桥与右大堤交口处。

7. 职工宿舍楼场区检查

对宿舍楼场区排水管道及出水口进行检查。职工宿舍楼位于家属区北侧、场区西侧，平均高程为 3.50m 高于分洪水位（3.00m），主体工程不受汛期影响，只对宿舍楼场区排水管道及出水口进行检查。

8. 家属区宿舍检查

家属区宿舍的排水管道及出水口进行检查。家属区路面高程为 2.31m，低于分洪水位，但家属区宿舍周围有防洪墙，沥水可排入截渗渠渠首，故只对家属区宿舍的排水管道及出水口进行检查。

（三）检查标准

1. 场区检查标准

我处场区属第五分洪区，分洪水位为 3.00m，场区平均高程为 1.94m（黄海），低于分洪水位 1.06m，如遇洪水、沥涝，为确保我处场区不受水害，场区需向明渠和水库截渗渠渠首（1 号路）双向排水，要求排水井、排污井无杂物堵塞，排水管路、排水口畅通。

2. 防汛物资库房检查标准

防汛物资数量需满足实际需要，统一存放在防汛物资库房内，确保能够正常使用。

离心泵、潜水泵工作正常，摆放合理，养护良好；胶管保养良好，无破损，摆放整齐合理，能够正常使用；电缆、电源箱、空气开关养护良好，数量型号齐全无缺陷；铁锹摆放整齐，位置合理，能正常使用；编织袋 10条一捆，无破损、腐烂现象，摆放整齐；三角带、铅丝无破损、锈蚀现象，养护良好。

3. 滨海一所检查标准

滨海一所为第三分洪区，分洪水位为 3.00m，入杨泵站场区沥水可由排水管道排放明渠，排水井、排水管道和排水出口畅通。入港泵站、入聚泵站场区高程为 2.98m，低于防洪水位 0.02m，洪水、沥水可由排水管道排出，要求排水井、排水管道和排水出口畅通。

4. 滨海二所检查标准

滨海二所属第三分洪区，分洪水位为 3.00m，入汉、入开泵站场区高程为 2.60m，低于防洪水位 0.40m；入塘泵站场区高程最低，所以场区排水集中在入塘泵站场区排水井，要求场区排水管道畅通，排水设施运行正常。

5. 明渠段检查标准

明渠段长 18.13km，上游明渠属第五分洪区，下游明渠属第三分洪区，分洪水位为 3.00m，堤顶、桥面都高于分洪水位，要求堤埝平整，坡面无雨淋沟，无杂草丛生、无杂物；横跨明渠桥梁安全可靠，桥面无杂物堆积；闸涵运行良好；渡槽进出口畅通，无杂物堵塞；防汛土料堆放在明渠右岸，土料充足，位置堆放合理便于使用。

6. 水库检查标准

水库大坝周长 14.30km，水面面积 11.03km²，属第五分洪区。要求水库堤坝管理良好，闸涵运行正常，截渗渠渠道养护良好，小白庄倒虹吸出口无杂物堵塞，满足防汛要求。

7. 职工宿舍楼场区检查标准

职工宿舍楼场区建筑面积 4 367.12m²，属第三分洪区，场区平均高程高于分洪水位，要求院区排水管道畅通，排水口无杂物堵塞。

8. 家属宿舍区检查标准

家属宿舍区属第三分洪区，宿舍区平均高程低于分洪水位，汛期遇洪水、沥水，由排水管道排放到水库截渗渠渠首（1 号路），要求排水井无堵塞，排水管道畅通。

四、解决问题

（1）处场区及家属宿舍区下水道出口分洪时需封堵，原因是场区、家属区高程低于分洪水位，封堵是为了防止洪水倒灌淹没处场区及家属宿舍区；汛期处场区及家属宿舍区达到分洪水位时，就地取土封堵水库截渗渠渠首（水库 1 号路）排水口，需用封堵人员 6 名，铁锹 2 把，编织袋 12 条，需土方量 2m³。

（2）入港泵站、入聚泵站场区院墙内外需做 1.00m×1.00m 防渗土墙，场区南侧小门需封堵；当分洪水位达到 2.90m 时，组织防汛人员在院区内取土搭建防渗土墙，并封堵小门，需防汛人员 60 名，编织袋 400 条，铁锹 20 把，需土方量 50m³。

（3）入汉、入开、入塘泵站场区洪水、沥水由入塘泵站排水设施排放；需防汛人员 6 名，6 寸离心泵 2 台，1 台使用 1 台备用，6 寸胶管 4m，电缆

800m，电源取自入塘泵站内，电源箱 1 个，空气开关 1 个，铁锹 2 把。

（4）水库截渗渠渠尾（2 号路）需封堵，防止截渗渠污水流入明渠造成水质污染，明渠左右岸小白庄倒虹吸进、出口需封堵；分洪水位超过3.00m 时，需封堵水库截渗渠渠尾（2 号路）、明渠左右岸小白庄倒虹吸进出口，需防汛人员 30 名，客车 1 辆，对讲机 1 部，铁锹 10 把，编织袋 100条，水库截渗渠渠尾封堵就地取土，需土方量 15m³，明渠左右岸小白庄倒虹吸进出口封堵，土源已备放在明渠左右岸小白庄倒虹吸进出口旁，需土方量 10m³。

（5）农场五队桥下渡槽进出口需封堵，分洪水位超过 3.00m 时渡槽进出口需封堵，需防汛人员 12 名，对讲机 1 部，汽车 1 辆，铁锹 4 把，编织袋 30 条，需土方量 5m³，土源已备放在渡槽进出口旁。

（6）明渠下游防洪闸汛期期间需 24 小时有人看护，看护人员 3 名，8小时一班，配对讲机 1 部，雨衣自备。

五、检查工作总结及分析

防汛检查小组对辖区重点部位进行汛前检查，召开检查分析会，对存在的问题责成有关部门在 3 天内整改完毕。

防汛工作主要是自保，对防汛重点部位要严防死守，责任落实到人，水管科牵头制定防汛工作安排和防汛预案。各科、室、所、中心值班人员必须 24 小时坚守岗位，保证 4 部防汛车辆、物资储备到位，通信联络畅通，确保安全度汛。

六、复查

防汛检查小组 5 月中旬对汛前检查出现的问题进行复查，检查各部门是否已整改，落实到位。

第二节 防汛工作安排

一、防汛动员

防汛工作涉及国家财产和人民生命安全，关系重大，任务艰巨，它不同于一般性工作，要充分认识到防汛工作的特殊性，对于防汛工作是来不得半点松懈和麻痹的。近些年来，虽然我们实现了安全度汛，但是水患意识绝不能淡薄，我们要立足于防大汛、抢大险，把一切准备工作做好。

（1）汛前召开防汛动员大会，及时传达上级指示精神，做好动员工作，全面提高干部职工的防汛意识，并结合我处实际，集中精力，集中时间，有重点地做好防汛准备工作。

（2）实施正确的舆论指导，加强对防汛工作的宣传和报道，通过各种形式，如张贴防汛宣传标语，开辟防汛专题橱窗，出简报等形式，广泛开展依法治水、依法防洪的宣传，营造浓厚的防汛气氛，促使人民群众增强水患意识。同时要根据汛情、雨情适时报道防汛消息，推动防汛工作更扎实地开展。

（3）加强思想教育，号召我处干部职工要充分发扬万众一心、众志成城的防汛精神，立足本岗、勤勉敬业、扎实苦干、统一思想、统一认识、齐心协力，切实做好各项准备工作，做到一呼百应、有令即行，确保安全度汛。

二、防汛措施

（1）汛前做好辖区重点部位的检查工作，针对检查出来的问题及时分析总结，提前做好防汛准备工作。

（2）成立防汛指挥部，确定防汛组织机构、抢险人员、青年预备队。

（3）防汛指挥部定期针对防汛部位组织防汛人员进行防汛演练，提高防汛人员的防汛抢险能力。

（4）备足防汛物资，保证能够正常使用，通信设备良好。

（5）汛前对防汛人员进行防汛知识培训，使防汛人员掌握防汛基础知识和防汛抗洪技能。

（6）制定好汛期车辆的安排、使用细则。

（7）制定完善的防汛预案。

三、防汛物资储备

根据历年防汛物资需用量和我处目前的防洪能力，已备足防汛物资。防汛物资存放在防汛库房内，坚持宁可备而不用，不可用时无备的原则，并与永定新河管理处达成协议，在防汛期间防汛物资可采取联动调拨。

四、汛期安全输水

1. 管理工作

（1）加强泵站运行管理，认真落实各项岗位责任制和操作规程，做好设备维护保养，确保设备正常运转。同时，对备用机组进行全面检查和保养，保证能随时开机。严格执行输水调度令，准确操作，严格管理，确保汛期安全输水。

（2）加强对明、暗渠，水库，闸涵的管理，严格按照《引滦工程管理标准》对照落实，提高管理水平。尤其是在汛期要经常性地进行检查和保养，保证闸涵机电设备运转正常，确保万无一失。对堤坝发现隐患能够及时汇报并积极采取有效措施加以预防，保证堤坝不出问题，为安全度汛打好基础。

（3）加强水政执法力度，严厉打击违法取水和破坏输水秩序的行为，维护良好的输水环境。

2. 值班管理

防汛期间，我处机关实行统一集中值班。每天由1名处领导、2名机关科长带班，加上各科、室、所、中心骨干共6人值班，值班地点在处值班室。水管科、渠库所、滨海一所、滨海二所、泵站所、工程物业中心实行科、所长带班制，24小时值班，并认真作好交接班记录。值班期间由带班处领导负责全面工作，值班人员如遇突发事件按应急程序报告，由各应急小组进行应急处置。

3. 输水调度、水质监测及水情测报工作

（1）执行上级主管部门调度安排，合理优化调度。

（2）对水情、雨情测报数据准确无误，将信息及时反馈处领导和引滦工管处水管科。

（3）经常与天津市水务局防汛办公室和引滦工管处保持联系。

（4）汛期对辖区内水质进行跟踪监测，及时向引滦工管处水管科上报水质分析报告和监测数据。

第三节 防汛预案

我处位于宝坻区尔王庄乡尔王庄村西，地处北运河人黄堡分洪区，所管辖的工程设施有引滦尔王庄水库、明渠泵站、暗渠泵站、入塘泵站、入汉泵站、入开泵站、入港泵站、入聚泵站、入杨泵站和引滦专用明渠等重要水工设施。以闫东渠、大尔路、九园公路为界，东至青龙湾故道，南至闫东渠为第三分洪区，分洪水位为 3.00m（黄海高程，下同），防浪高 0.80m。引滦职工宿舍区，尔王庄明渠泵站以下输水明渠、锅炉房、入杨泵站、入港泵站、入聚泵站、入塘泵站、入汉泵站及入开泵站等重要设施均位于该区内，该区平均地面高程为 2.00m。九园公路以北、大尔路以东为第五分洪区，分洪水位为 3.00m，防浪高 0.80m。我处场区，水库及配套建筑，明、暗渠泵站及其上游输水明渠位于该区内，该区平均地面高程为 2.00m。

由水管科牵头组织工管科、渠库管所、泵站管理所、滨海一所、滨海二所、工程物业中心、机电中心、行政办公室对辖区内的工程设施进行全面检查，根据检查过程中发现的问题制定防洪预案。

（1）我处场区及宿舍区下水道出口分洪时需封堵，截渗渠渠首（1号路）排污口需封堵。

1）工程负责人：工程物业中心主任、副主任。

2）工程量：场区面积为 100 050m²，场区高程为 1.94m（黄海）、宿舍区路面高程为 2.31m（黄海）。

3）实施时间：接到处防汛指挥部命令后 8 小时内完成并负责监护。

（2）入港泵站、入聚泵站场区以围墙外需加高 1.00m×1.00m 防渗土墙，南侧小门需封堵。

1）工程负责人：滨海一所所长、支部书记。

2）入港泵站、入聚泵站场区面积 16 196m²，高程为 2.94m（黄海）。南侧小门宽 1.50m，封堵高度 1.00m。

3）实施时间：接到处防汛指挥部命令后 24 小时内完成并负责监护。

（3）入汉、入开发区、入塘泵站场区沥水排放，因入汉、入开发区场区比入塘泵站场区高，排水泵放在入塘泵站场区集水井，排水泵能够正常运行。

1）负责人：滨海二所所长。

2）入汉、入开、入塘场区面积为 36 545.88m²，入汉、入开场区高程为 2.60m（黄海），入塘场区高程为 1.63m（黄海）。

3）实施时间：接到处防汛指挥部命令 8 小时内完成并负责监护。

（4）水库截渗渠渠尾（2 号路）封堵及明渠左、右岸小白庄倒虹吸进、出口封堵。

1）工程负责人：物业中心主任、副主任。

2）土源存放于明渠左岸小白庄倒虹吸进口。

3）实施时间：接到处防汛指挥部命令后 6 小时内完成并负责监护。

（5）农场五队桥渡槽进出口封堵。

1）工程负责人：渠库所所长、副所长。

2）土源存放于明渠右岸。

3）实施时间：接到处防汛指挥部命令后 8 小时内完成并负责监护。

（6）防洪闸需看护。

1）工程负责人：泵站所所长。

2）实施时间：接处防汛指挥部命令后，立即执行并负责监护。

第四节　防汛知识培训

历年来我处在处防汛指挥部的组织下，由水管科牵头并编制教案，聘请我处有防汛经验的高级工程师对防汛抢险人员和青年抢险预备队员进行防汛抢险培训，培训内容如下。

（1）防汛基础知识。

（2）防洪抗洪技能。

培训结束后对受训人员进行笔试，考核其掌握培训知识的情况，要求每位防汛人员考试成绩都达到 90 分以上。

第五节　防汛后备电源和抢险车辆安排

一、防汛后备电源

孙尔线、随尔线两条输电线路互为我处安全输水备用电源（孙尔线是指北孙庄至尔王庄输电线路，随尔线是指随庄子至尔王庄输电线路），并且我处工程物业中心还备有 1 台 35kW 和 1 台 75kW 的发电机，以应对突发的断电事故。

二、防汛抢险车辆安排

一旦汛情发生，全部车辆统一由我处防汛指挥部统一调度指挥，必要时征用社会车辆。

第六节　汛后工作

一、汛后检查

9 月下旬防汛指挥部进行全处汛后检查工作，对辖区内的水工建筑物、重点部位、机电设施、水文设施等进行汛后检查。

检查重点部位：场区下水道，入港、入聚泵站场区，南侧小门，入杨泵站场区下水道，入汉、入开、入塘泵站场区及排水自保设施，水库截渗渠渠尾封堵区及明渠左岸小白庄倒虹吸出口埝堤、明渠农场五队桥、孙校庄桥口、小白庄桥口，职工宿舍楼场区，家属区、编织袋厂场区，水库西杜庄段至小白庄段长 2 000m 坝体、明渠段高庄户左岸弯道处。检查后召开现场分析会，对查出的问题责成有关部门 3 天内整改完毕。

二、汛后总结

由水管科（防汛办公室）牵头负责对汛前检查、防汛物资、演练情况、人员组织、汛后检查等各项工作进行全面总结，形成书面文字材料上报天津市水务局防汛办公室和引滦工管处。

第八章 考核管理

8

深化事业单位人事制度改革以来，"引滦入津"工程管理处将绩效管理体系的建立作为人力资源管理体系建设的一个重要内容，并将绩效管理理念渗透到日常管理的方方面面。在设计绩效考评指标的过程中，我处注重将阶段性目标进行分解，注重目标实现过程的连续性，从专业绩效管理到部门负责人岗位绩效管理，再到员工岗位绩效管理，管理层级的设置由高到低、管理目标的分解由大到小，切实做到了利用绩效管理手段，层层分解目标，步步抓好落实，促成阶段性目标的实现。

我处实行部门考核和岗位考核两级考核体系：对部门完成的各项工作进行整体考核；部门对各岗位完成的具体工作进行细致考核。考核成绩与岗位绩效工资挂钩。

本章将从部门考核和岗位考核管理两方面来介绍考核管理工作的开展。

第一节　部门考核

部门考核是我处对各部门的工作完成情况的考核，包括人力资源管理、主要业务工作和日常办公管理工作。部门考核与单位评优、科级干部任职与奖惩、员工绩效挂钩。为了规范考核，做到合理、公开、公正、公平和全面性，我处制定了详细的考核办法及部门考核标准。

一、考核办法

部门考核办法见"水管单位精细化管理系列丛书"之十二《人力资源管理》一书。

二、考核标准

考核标准能够确保各项管理措施有效落实，是衡量广大干部职工业绩表现的重要依据，是推进工程管理工作顺利开展的有效手段。通过考核不断深化与完善岗位职责和工作标准，考评结果可以直接影响职工的福利薪酬及岗位调整等诸多切身利益，可以激励员工努力学习、扎实工作，进而促进各部门、各岗位加强工程管理，不断提高管理水平，确保安全输水。各项考核、评分标准如表8-1至表8-3所示。

表 8-1　人力资源管理评分标准（适用于各部门）

类别	项目	考核内容及标准	标准分	赋分原则	扣分因素	扣分	得分
办公管理（120分）	1. 安全生产	①无生产事故和安全责任事故,安全生产规定和制度健全 ②消防等各类抢险器具齐全,符合相关检验规定,标志明显	20	严格按规程操作,无事故发生,发生一次一般事故扣5分;发生责任事故此项不得分,执行一票否决。节假日、夜间值班出现空岗扣3分;值班表非本人签字或他人代签扣3分;下班后没有锁好门窗,关闭电源,发现一次扣3分;出现责任人的此项不得分,并按规定追究责任人的法律责任。每月底及节假日前对本部门的办公设施、库房等进行安全检查,检查无记录一次扣3分,检查记录不详一次扣3分,严格执行操作规范,发现问题一次扣2分。各种警示标志等不齐全,不明显扣5分;抢险器具不齐全,不符合有关规定扣5分			
	2. 政治理论学习	积极参加处各种学习,认真组织完成处安排的政治学习任务;做到学习有安排,有记录	10	没组织安排学习一次扣1分,学习记录一次没有扣1分,部门职工无故不参加理论学习的一人次扣1分			
	3. 廉政建设	廉洁自律,部门无腐败现象发生,班子、科级干部按时签订廉政承诺书	10	工作中发生吃、拿、卡、要现象的一次扣1分,部门人员发生违法违纪案件执行一票否决,扣10分			

续表

类别	项目	考核内容及标准	标准分	赋分原则	扣分因素	扣分	得分
办公管理（120分）	4. 计划生育	本部门所有人员全部与单位签订计划生育目标管理责任书，部门育龄职工已生育一胎的全部采取节育措施	5	没签订责任书的一人次扣1分，应采取节育措施而未采取的一人次扣2分，发生计划外生育的执行一票否决，扣10分			
	5. 综合治理	无"黄、赌、毒"问题及交通安全问题发生	10	若发生执行一票否决，扣10分			
	6. 办公室管理	①室内环境整洁，物品摆放有序，门窗、桌椅等器具无破损，窗明几净 ②房屋无渗漏，内外墙面无起皮、脱落，附属装饰干净完好 ③各种电气，办公设施等完好，无私搭乱接等现象 ④花盆无灰尘，卷柜顶无灰尘、杂物	10	办公用品未摆放整齐，一次扣1分；墙壁有灰尘，一次扣1分；有蜘蛛网，一次扣1分；室内有垃圾，杂物一次扣1分；花盆有烟蒂扣1分；卷柜顶有灰尘，杂物扣1分；桌椅、灯具、暖气片有灰尘扣1分；门窗玻璃有污物的扣1分			
	7. 职工宿舍管理	①床上用品摆放整洁，床单无折皱，床铺无尘土 ②地面无污渍，无乱堆乱放现象 ③室内墙壁、屋顶无尘土、污渍及蜘蛛网	5	床上用品摆放不整洁，床单有折皱、床铺有乱堆乱放现象及尘土扣1分；地面有污渍、屋顶有尘土及蜘蛛网扣1分；窗台不整洁及储物柜表面有污渍扣1分；空调及储物柜表面有污渍扣1分；生活用品摆放不整齐一次扣1分；室内有乱贴、乱			

续表

类别	项目	考核内容及标准	标准分	赋分原则	扣分因素	扣分	得分
办公管理（120分）	7. 职工宿舍管理	④窗台、玻璃以及附属设施整洁无污渍 ⑤生活用品摆放整齐 ⑥电器无私搭乱接现象 ⑦严格禁止宿舍内酗酒以及从事非法活动 ⑧宿舍禁止使用电暖气、电炉子、电褥子、"热得快"烧水等		挂、乱画、乱钉、乱拉线等现象的扣2分；在宿舍内酗酒、聚众赌博、观看不健康光盘、书籍的扣5分；违反规定使用电暖气、电炉子、电褥子、"热得快"的发现一次扣3分；外来人员进入职工宿舍未登记扣2分；室内无人时，空调长期运行扣3分			
	8. 环境卫生	按时做好责任卫生区清洁工作	10	无故不按时打扫卫生，一次扣2分，检查中出现一次不清洁扣1分			
	9. 职工工作礼仪要求	①服装穿着符合规定，发型合适，禁止穿奇异装异服以及烫发 ②工作中使用基本礼貌用语	10	服装不符合规定的扣2分；工作中使用不文明语言，说话带脏字的发现一次扣0.2分			
	10. 合理化建议	根据部门在日常工作中的情况，提出一些改进工作方法，提高工作效率的好建议		如确定具有良好效果且被处党委采纳加2分			

140

续表

类别	项目	考核内容及标准	标准分	赋分原则	扣分因素	扣分	得分
办公管理(120分)	11. 降耗	①按规定实行双面打印 ②办公室及走廊灯，做到人走灯灭 ③下班后及时关掉空调、计算机，使用空调时关闭门窗 ④公务用车严格管理，避免能源浪费 ⑤部门之间通话要使用内线	10	未按规定双面打印的扣2分；办公室及走廊灯，未做到人走灯灭的扣2分；下班后未关空调、计算机的扣2分。使用空调时未关闭门窗的扣2分；公务用车未按要求，造成能源浪费的扣2分；部门之间通话未使用内线的扣1分			
	12. 信息报送	按时将本部门重点信息进行报送（每月至少2篇）	5	未按时按量报送，缺少1次扣2分，报送重大信息被局转发1次加0.5分			
	13. 计算机设备管理	①计算机及外设的电源线、信号线布置整齐，计算机及外部设备管理良好，运行正常，工作台干净整洁 ②所有的计算机均安装有病毒防护软件	15	计算机、外设及工作台每发现3处明显污损扣1分；计算机及外部设备的电源线和信号线每处不整齐扣1分；发现3处外部设备运行不正常，每机及外部设备运行不正常，每			

续表

类别	项目	考核内容及标准	标准分	赋分原则	扣分因素	扣分	得分
办公管理（120分）	13.计算机设备管理	③计算机要有专人管理，禁止安装与工作内容不相关的软件，或利用计算机做与工作无关的事情 ④无私自引线将个人计算机或其他计算机接入网络的现象 ⑤无私自将移动硬盘或便携式计算机带出单位现象 ⑥禁止在监控计算机上运行非监控软件 ⑦禁止私自拆装计算机及外围设备 ⑧严禁将计算机及外围设备外借 ⑨严禁修改计算机及网络配置文件等		台扣1分，该项最多扣15分； 每发现一台计算机未安装病毒防护软件扣2分；每发现一项问题扣2分；每发现一次私自引线将个人计算机或其他计算机接入网络扣2分；每发现一次私自将移动硬盘和便携式计算机带出单位扣2分；每发现一次在监控计算机上运行非监控软件扣4分；每发现一次私自拆装计算机及外围设备扣6分；每发现一次将计算机及外围设备外借扣5分；每发现一次修改计算机及网络配置文件扣2分			

基本分满分120分

表 8-2 水管科业务评分标准

类别	项目	考核内容及标准	标准分	赋分原则	扣分因素	扣分	得分
人力资源日常管理（100分）	1. 岗位管理	①各部门严格执行请销假制度 ②按时填写工作日志，内容清楚、字迹工整，每个季度结束后于下个季度的第一个月的 7 日前呈交主管领导进行审核 ③考勤记录要真实，按实际情况记录出勤情况，每天及时填写考勤，考勤记录符号要与考勤表标注的符号一致	40	①请销假制度执行不严，有迟到或早退现象，部门考勤未记载的，发现 1 人次扣 0.5 分，请假无假条的 1 人次扣 2 分，最高扣 15 分 ②日志不按规范写明具体工作内容，每发现一人次扣 1 分，日志记录与考勤记录不符的，每发现一人次扣 1 分，日志内容填写不真实，发现 1 人次扣 2 分，日志迟写或超前写超过 1 个工作日（不含 1 个工作日）的，每发现一人次扣 1 分，不按时呈交主管领导评价的，每发现一人次扣 1 分，最高扣 15 分 ③考勤应当天下班前 5 分钟填写，经查实有弄虚作假行为的（提前记录为弄虚作假），每出现一人次扣 2 分，迟填考勤超过 2 个工作日的（含 2 个工作日），每发现一人次扣 1 分，记录符号不一致的一次扣 1 分，最高扣 10 分			

续表

类别	项目	考核内容及标准	标准分	赋分原则	扣分因素	扣分	导分
人力资源日常管理（100分）	2. 绩效管理	①各部门根据处考核办法制定部门绩效考评办法及评分标准 ②严格按照考核办法组织考核 ③严格按照考核标准组织绩效考核 ④按照规定时间呈报考评结果、签字盖章要齐全 ⑤考核档案规范齐全	40	①无岗位与考核办法和考评标准的，扣10分 ②不按照考核办法考核，每次扣2分，考核工作应付了事，考核分数作假作弊的扣4分 ③不按照考核标准进行评分，每次扣2分，考核成绩有轮庄现象的扣4分 ④考评结果及轮庄现象，每次扣2分，考核成绩有轮庄现象的扣4分 ④考评结果不按通知要求及时呈报人力资源科，不按时报送的迟报一天扣0.5分，按要求缺少签字或盖章每一项扣1分 ⑤员工绩效考评档案自行保存，保存期为1年，资料不全的，缺少一项扣2分			
	3. 培训管理	①积极参加内处组织的各项培训和学习 ②遵守培训纪律，严格执行请销假制度 ③学习认真，效果良好 ④部门培训计划的制订 ⑤部门培训组织实施和档案管理	20	①无故不参加各类培训和学习的，每缺少一人次扣1分，最高扣4分 ②参加培训，但违反培训和会场纪律要求，出现不经请假私自离开会场的、扰乱会场秩序的，每人次扣1分，最高扣4分 ③培训后考试成绩及格或未达标的，每人次扣2分 ④部门培训计划上报不及时扣1分，培训计划不切合实际，敷衍了事的扣2分 ⑤部门培训缺少一次扣2分，未按时组织扣1分，培训档案及资料归档不及时扣1分，不齐全的缺少一项扣1分			

满分100分

表 8-3 水管科考核标准

类别	项目	考核内容及标准	标准分	赋分原则	扣分因素	扣分	得分
一、组织推动（30分）	1. 组织	①自查考核组织建立健全，有纸质资料，考核组织人员组成合理，内部考核组织工作职责明确，能够保证考核组织有效开展工作 ②有明确的考核办法，包含有管理标准、考核标准、问题整改措施、奖惩办法等、涵盖管理工作开展各方面 ③内部考核组织要定期召开会议、研究部署工作	10	①考核组织无纸质资料扣2分，考核组织人员组成不合理扣2分 ②无考核办法扣2分，考核内容不全扣2分 ③没有开展工作研讨，会议记录不清楚扣2分			
	2. 档案	①考核记录按照考核档案管理制度的要求，分类整理，汇编成册，目录清晰，有专人管理（可以兼职） ②考核档案要有参加人员，考核成绩汇总，考核打分表，考核发现问题清单、整改措施、整改后复查情况，考核分析总结的会议记录等 ③各项填写内容要符合要求，并且真实	10	①无专人管理扣1分。考核档案未进行整理，汇编成册扣2分，档案不整洁扣1分 ②每缺少一项扣1.5分 ③内容填写不符合要求扣1至4分，记录填写前后不一致，不真实扣3分			
	3. 实施	①考核严格按照计划执行，程序规范，各项考核制度执行效果好 ②每次考核后要进行分析，对本阶段的工作进行总结，针对存在的问题要有整改的措施，并落实检查 ③考核结果要与绩效挂钩，表彰先进，惩戒落后	10	①根据考核执行的效果分好、中、差，分别扣0.5、10分 ②无分析总结，无整改措施，无检查落实扣3至6分 ③考核结果未用于指导薪酬扣4分 其他问题扣1分			

续表

类别	项目	考核内容及标准	标准分	赋分原则	扣分因素	扣分	得分
一、环境管理（15分）	化验室及药品库房	①室内环境整洁、物品摆放有序、门窗、桌椅等器具无破损、窗明几净 ②房屋无渗漏、内外墙面无起皮、脱落、附属装饰干净完好 ③各种电气、办公设施等完好、无私搭乱接等现象 ④指示牌、标志牌等清晰规范	15	每处问题扣2分			
三、人员素质（15分）	考试	采用笔试形式对管理人员进行素质考核	15	根据考试得分综合计算			
四、资料管理（75分）	1.档案资料管理	①建立水位测验、流量测验、降水测验、资料整编等各项规章制度 建立水质分析测试工作管理制度、检测事故的报告和处理制度、样品保管制度、仪器设备使用管理制度、药品及试剂管理制度、保密制度、实验室安全卫生管理制度、科室职能和岗位职责，内容齐全合理	35	①制度建立不齐全、缺少一项扣3分，内容不齐全、不合理扣2分，此项最多扣20分			

续表

类别	项目	考核内容及标准	标准分	赋分原则	扣分因素	扣分	得分
四、资料管理（75分）	1. 档案资料管理	②水文测验：建立仪器设备使用、维护保养及更新档案，建立防汛组织机构、岗位责任制、抢险预案、汛前检查等档案，建立调度流程档案 水质分析：电子天平、分光光度计、pH计等强检仪器设备档案（包括仪器设备一览表、仪器设备检定一览表、仪器设备说明书原件或复印件、仪器设备检定证书）；非强检的玻璃量具登记明细账 ③各项档案专人负责，管理有序 ④各项档案记录内容齐全，真实有效 ⑤各项档案记录记录清晰		②缺少一项资料档案扣2分，此项最多扣20分 ③档案无专人管理扣3分，管理混乱扣2分 ④档案记录内容不全、缺项的每处扣1分，记录与实际情况不符的扣5分，此项最多扣20分 ⑤档案记录不清晰、模糊、涂改严重的扣3分			
	2. 原始资料管理	①原始记录内容清晰、表面清洁 水文测验：水情拍报记录、水位记载表、水准测量记载表、流量记载表、降水量记载表等 水质检测：样品采集记录、仪器设备的原始记录、各项目检测分析的原始记录、仪器设备的使用维护保养记录、标准物质登记使用记录、药品登记使用一览表、剧毒药品登记使用记录、试剂配置配定标准记录、水质监测月报等	40	①一处内容不清晰、表面不清洁扣2分			

续表

类别	项目	考核内容及标准	标准分	赋分原则	扣分因素	扣分	得分
四、资料管理（75分）	2. 原始资料管理	②各项记录数据符合规范要求 水文测验：水位记至 0.01m；流量保留三位有效数字，小数不过 3 位；降水量记至 0.1mm 水质监测：水温有效数字最多 3 位，小数点后最多 1 位；pH 有效数字最多 2 位，小数点后最多 1 位；悬浮物有效数字最多 3 位，小数点后最多 0 位；总硬度有效数字最多 3 位，小数点后最多 2 位；溶解氧有效数字最多 3 位，小数点后最多 1 位；高锰酸盐指数有效数字最多 3 位，小数点后最多 1 位；生化需氧量有效数字最多 3 位，小数点后最多 1 位；氨氮有效数字最多 3 位，小数点后最多 3 位；总氮有效数字最多 3 位，小数点后最多 3 位；总磷有效数字最多 3 位，小数点后最多 2 位；氯化物有效数字最多 3 位，小数点后最多 1 位 ③水文各项记录按规范完成计算、校核、复核过程。水质各项原始记录要有测定、校核、复核人员签名。水质检测报告要明确编制、审核、审批人员签名，统一使用法定计量单位		②一处记录数据不符合规范要求的扣 2 分，此项最多扣 30 分 ③记录数据缺少一个审核过程扣 1 分；未使用法定计量单位扣 2 分，此项最多扣 20 分			

续表

类别	项目	考核内容及标准	标准分	赋分原则	扣分因素	扣分	得分
四、资料管理（75分）	2. 原始资料管理	④各项记录表单项目按规范填写齐全、准确 ⑤各项记录按规范要求用笔。水文原始记录要求用钢笔或碳质4H铅笔，其他记录原始记录可以使用钢笔或碳素圆珠笔 ⑥水文各项记录按规范涂改，禁止上字上改字；水质各项记录一律画改并加盖更改者印章		④表单项目一处填写不全、不准确扣1分，此项最多扣10分 ⑤未按规范要求用笔的一次扣1分 ⑥发现一处未按规范涂改扣1分，此项最多扣10分			
五、设施设备管理（55分）	设施设备管理	①设施、设备运行正常：水尺刻度清晰，不倾斜；流速仪、水准仪运行正常；水质实验室配置温度计、湿度计、通风设施、照明设施、消防设施正常，配备必要的安全防护器具且运转正常 ②各种仪器或药品放置符合防潮、防尘、防晒等规范要求。水文仪器设备放置要在稳固防震的实验台上，防止振动移位；精密仪器配置稳压电源并放置在专用仪器室；水质检测使用优级纯（绿色标签）试剂，要求分类存放在专用库房（或试剂柜）；有毒试剂存放在专用保险	55	①设施、设备一台运行不正常或管理不符合规定扣2分，此项最多扣20分 ②仪器放置不符合规范要求的一台扣2分；使用过期药品扣5分；此项最多扣20分			

续表

类别	项目	考核内容及标准	标准分	赋分原则	扣分因素	扣分	得分
五、设施设备管理（55分）	设施设备管理	柜内，严格领用，双人双锁管理；标准物质、专人管理；专柜贮存；不使用过期的试剂药品③流速仪配备不低于国家 S3 级水准仪；水质检测强仪器配备 1～2 年必须重新检定；水准仪器检定周期为 1 年；非强检的玻璃量容量校准周期为 3 年④仪器设备说明书、检定图表、公式及工具等保存完好⑤各种仪器表面清洁，摆放整齐		③一台仪器到期未进行校验扣 5 分；仪器配备低于标准，每台扣 3 分，此项最多扣 20 分④丢失一项扣 5 分，保存不当或损坏扣 2 分，此项最多扣 10 分⑤仪器表面不清洁扣 2 分，摆放零乱扣 2 分			
六、水环境保护（35分）	水环境保护	水质符合国家地表水环境质量标准（GB 3838—2002）中，地表水水域环境功能的要求；按照《水环境监测规范》要求，开展水污染监测与调查工作；有水环境保护和治理的规划方案及具体实施计划；制定防治水环境污染的控制预案	35	供水水质指标在国家Ⅲ类水以下此项不得分；水环境监测与调查工作的开展不符合《水污染监测规范》扣 5 分；无水环境保护治理规划扣 5 分，无具体治理实施计划扣 5 分，未按照规划或计划执行扣 5 分；没有制定突发污染事件污染物的控制方案扣 10 分			

续表

类别	项目	考核内容及标准	标准分	赋分原则	扣分因素	扣分	得分
七、科技兴水（10分）	论文技改技革科研项目的完成情况	根据科技考核实施细则，按质按量完成本部门的科技任务	10	缺一项扣2分			
八、工程防汛及抢险（35分）	工程防汛及抢险	防汛抢险组织机构健全，防汛抢险岗位职责明确，分工合理；防汛抢险预案，措施健全、落实到位；配备必要的防汛抢险物料、工具、器材；险情发现及时，报告及时，险情抢护及时，措施得当，人员须经业务培训；防汛抢险队伍质量好，水平高，机动能力强，人员须经业务培训；有物资储放平面位置图，抢险路线调度图，后备电源和抢险车辆	35	无防汛抢险组织，岗位职责不明确，分工不合理，扣5分；防汛抢险预案，措施不健全，扣5分；防汛工具、物料、器材等准备不足，扣10分；险情发现不及时，报告不及时，险情抢护不及时，措施不得当，扣10分；防汛人员未进行培训，扣5分；防汛物资无专人管理，扣3分；一项不符合要求扣2分			
九、重点工作（20分）	重点工作	按处重点工作安排进行考核	20				

满分290分

第二节　岗位考核

　　为提高水管科工作人员素质，推进水源优化管理，切实将精细化管理应用到管理工作中，以更好的管理方法和管理理念保稳定、保输水、节能耗，我处根据《绩效考核管理办法》的有关内容，结合水管科实际情况，制定了《水管科岗位考核办法》。

一、考核小组

　　组长：科长。
　　副组长：副科长、水调组长、水质组长。

二、考核小组职责

　　（1）负责本部门考核办法及评分标准的制定。
　　（2）负责本部门考核办法的实施，并严格按照考核标准在公开、公平、公正的原则下做好考核工作。
　　（3）负责日常工作的推动，定期召开会议，研究解决本部门考核工作及日常管理工作中出现的问题，每次考核检查结束后进行总结。
　　（4）负责建立员工考核档案、培训档案。
　　（5）由考核小组负责汇总考核工作情况，将考核结果、员工培训情况报人力资源管理科。

三、考核内容及权重

　　1. 考核内容
　　（1）精神文明：主要包括工作积极性、科室会议主动性、岗位培训工作礼仪（员工守则）、劳动纪律执行情况、安全保卫等。
　　（2）业务工作：见"水管单位精细化管理系列丛书"之四《考评实证管理》中岗位所对应的工作内容。
　　2. 考核权重
　　精神文明占 20%，业务工作占 80%。

四、考核形式与周期

1. 考核形式

定期考核：由绩效考核小组全体成员，对部门员工进行全面考核，并将考核成绩存档。

2. 考核周期

每季度末进行一次考核，半年对考核平均成绩进行汇总上报。

五、评分要求

（1）严格按照考评标准进行评分，业务考核标准执行《考评实证管理》所对应的内容和标准，精神文明执行我处考核办法中"员工季度考核精神文明部分考核标准"。

（2）季度末考核小组成员分别对科内员工进行评价集中评议、集体打分、集体签字，并注明扣分原因，以保证评分的合理、公开、公正和全面性。

（3）被考核人员如有疑问，可当场质疑。评委评分有错误的要当场更正。

六、结果运用

（1）根据员工半年内两个季度考核平均成绩核定岗位半年考核成绩，并于6月26日和12月26日以前报人力资源科。

（2）拟订员工培训计划。针对考核出现的问题，有目的有步骤地组织培训。

（3）建议员工工作调配、待岗培训。

七、申请复议

接收本科岗位员工的申请复议表，并上报处考核监督领导小组。

第九章 日常管理

9

第一节 日常工作管理

一、日常工作

（一）一日工作法

1. 交接班

接班人员 8：30 以前准时到岗，交班人员认真填写值班记录，并将前日值班情况详细报告给接班人员。

2. 常规工作

（1）调度值班人员要严格执行值班制度，做到上传下达，下传上请。当班人员认真接听值班电话，要详细记录处理情况，电话不能发生未接听的现象。

（2）调度值班人员不可擅离职守，如因公外出超过 30min 时，要把情况交代给代班人员，代为值班。

（3）做好水情、雨情统计分析工作，重点关注水库及上游明渠水情，确保输水安全。

（4）执行调令要准确、及时，泵站运行人员反馈执行情况时要记录机组号、功率；15min 内将情况上报调令下发单位，并认真填写调度通知和流程记录。同时，用短信形式通知科长及处领导。

（5）对输水过程中出现的异常情况，要及时与引滦工管处水管科进行沟通，逐级上报科长、主管处领导。在改变输水方式或输水量有变化时，要提前通知泵站所作好准备，确保输水畅通。

（6）化验人员按规定时间到采样地点采集水样，按要求对各项指标进行检测分析，并填写原始记录表，计算出结果。

（7）每天 9：00 之前填写好前一天的工作日志。

（8）每日上下午下班前关好计算机、空调，锁好门窗，做到安全节能。遇有较大雷雨天气，及时关闭计算机等电器设备，同时切断电源，尽量少接打电话。

（9）每日 8：00 准时更换雨量计自记纸，记录前日降雨量。做好水量统计工作，8：20 前准时将水情报文发送给引滦工管处和天津水情分中心。

（10）每天 8：30 前完成办公室开窗通风，打扫办公室、值班室卫生，打开计算机，作好交接班准备。

（11）每天上午 10：00 接收渠库所、滨海一所、滨海二所上报的水情信息并作好记录。

（二）员工培训档案

要求严格按照《尔王庄管理处员工培训管理制度》的有关要求填写。

（1）每年 12 月 10 日前将下一年度《部门年度培训需求情况调查表》及本年度《部门年度培训情况汇总表》报人力资源科。

（2）每年 1 月 15 日前和 6 月 30 日前制订出上半年、下半年内部培训计划并报人力资源科。

（3）建立部门培训档案和员工个人培训档案并按时填写，原则上部门内部培训半年不少于两次。

（4）员工培训档案由水质化验三岗（1）负责管理。

（三）绩效考核管理

（1）科内进行量化打分和评议打分，每月最后 5 日内进行，每季度末将不存在争议的绩效考核结果报人力资源科。

（2）我处绩效考核结果公布后，及时统计分数，一般在成绩公布后 5 日内将不存在争议的考核结果报人力资源科。

（3）建立绩效考核档案，一切与绩效考核有关的表格、文字通知等均在归档范围之内。

（4）绩效考核资料由水文调度三岗（3）负责管理。

（四）处发文件的管理

（1）建立收文记录表，按照文件名、发文单位、发文时间、文件内容仔细填写。

（2）滦尔、尔党、简报按照次序存放。

（3）对于无法归类排序的收文，单独存放。

（4）处发文件由水质化验二岗（1）负责管理。

（五）电话记录

建立电话记录表，按照通知时间、通知人、接电话人、处理情况如实填写。由水文调度管理三岗（3）负责，实行值班人员负责制。

（六）学习记录

每月组织科室人员学习，原则上不少于两次，并由水质化验管理二岗（1）作好记录。记录内容包括：时间、地点、主持人、参加人、缺席人、记录人、学习内容、讨论情况等。处发各类文件应在 3 天内组织学习，处会议精神要求传达的应在 3 天内进行传达。

（七）工作日志的填写

（1）本部门职能与本岗岗位说明书附在工作日志前并掌握其内容。

（2）季度工作安排及总结。

每位员工分别就本岗位职务规定内的工作、季度内分解的重点工作、所承担的临时性工作等进行系统的总结和详细的安排。

（3）月工作安排与总结面谈。

月初岗位人员分别就本岗职务规定内的工作、季度内分解的重点工作、所承担的临时性工作等进行工作安排，月末进行简要总结，并结合实际表现对自己进行客观的评价与打分。部门负责人简要总结本部门工作，并就各个岗位的工作实施点评。

（4）日工作情况记录具体填写每日工作情况，写明具体工作内容、工作种类、工作完成进度或程度、存在的问题等。

（5）每天 9：00 之前填写好前一天工作日志。

（八）各类责任书

职工安全生产岗位责任书、人口与计划生育工作目标管理责任书、安全生产责任书、工作目标责任书、社会治安综合治理目标责任书下发后及时签订，本部门保存一份，另一份及时上交人力资源科（一般在发文一周内），由水质化验三岗（2）负责。

（九）安全生产管理档案

结合本部门工作实际，每月部门安全生产活动不少于一次，及时作好工作记录。

（十）信息上报工作

每季度上报信息不少于 2 篇，信息撰写强调时间性，信息必须当天报送，由水质化验二岗（1）负责。

（十一）亮点工作

各种资料实行规范化、标准化、可视化管理；输水调度、水质监测工作实行流程化管理；水质化验药品实行标签定位管理。

二、设备、设施管理

（一）水文设施管理

（1）水尺：表面清洁，漆面无脱落，刻度清晰，数字清楚，尺桩无倾斜、无锈蚀。

（2）流速仪：表面清洁，放置及保存合理，按规范要求进行定期检定，仪器无污损、变形，旋转部件运转灵活，信号正常，定期进行维护、保养。

（3）水准仪：配备国家 S3 级水准仪，表面清洁，光学零件没有脱胶、脱模、油迹和灰尘等影响成像质量的现象存在，放置及保存合理，按规范要求进行定期检定，定期进行维护、保养。

（4）雨量计：雨量器保持清洁，传感器、记录器灵敏，各零部件所敷保护层应牢固、均匀、光洁，没有脱层、锈蚀，定期进行维护、保养。

（二）水质仪器及药品库房管理

1. 仪器

将各种玻璃仪器按用途和型号进行分类摆放，要分类清晰，摆放整齐，便于取用。

2. 药品库房

将剧毒药品，易燃易爆药品，酸、碱分开保存，各药品瓶下贴小标签，剧毒药品存放在保险柜内，酸和碱要避免相互干扰。

三、资料管理

水管科档案资料主要包括水文资料、水质资料、员工绩效考核资料、培训资料，对资料实行规范化管理。

（一）资料管理

（1）保证各类资料的全面性、真实性、合理性、完整性和准确性。

（2）各类资料要求按规定填写，确保资料内容填写准确，无涂改现象。

（3）资料按规定日期归档，确保资料在保管期内的完整性、连续性。

（4）资料的管理工作责任到人，保证资料完整、齐全，无丢失、损坏现象。

（二）实行责任制管理

资料的收集、整编、归档责任到人，水文资料由水文调度管理三岗（3）负责管理；水质资料由水质化验管理三岗（2）负责管理；员工绩效考核资料由水文调度管理三岗（2）负责；培训资料由水质化验管理三岗（3）负责。

（三）实行可视化管理

各种资料按照类别、年份加以区别，分类编号，统一存放，做到一目了然，方便查找。

第二节　办公环境管理

一、办公环境

（1）将办公必需品和非必需品区分开，在岗位上只放置必需品，以腾出空间，防止误用。

（2）将办公必需品置于任何人都能立即取到和立即放回的状态，要做到工作空间内物品摆放一目了然，以创造出井井有条的工作秩序，最大限度地减少找寻物品的时间。

二、个人工作台抽屉的布置

第一层：工作日志、笔记本，个人常用工具，将这些常用工具分格摆放。

第二层：常用资料。

第三层：书籍、资料及个人物品。

三、个人衣帽柜的管理

水管科的每个员工都有自己的衣帽柜，工作服、外套、个人物品统一管理，避免衣物随意放置而造成的视觉杂乱。

四、各类用品用具的管理

水管科将各类用品、用具分类管理，分别进行标识，整齐摆放，做到取用方便。取用方便的标准是：一拿到手，就可以进行工作；一放手，就可轻易定位。

五、卫生工作

（1）每周一对所属各房间进行一次彻底的卫生清理，包括办公室、值班室、工作站室。

（2）不随地吐痰，不随便乱抛垃圾，看见垃圾应立即拾起放好。

（3）垃圾及时倾倒。

（4）办公区内禁止吸烟。

第三节　考勤管理

为规范考勤管理，由水质化验管理二岗（1）负责考勤管理工作，要求考勤记录员如实填写考勤表，将其作为绩效考核的依据，并规定考勤员的职责，严格执行员工请、销假制度。

一、考勤员职责

（1）按规定及时、认真、准确地记录考勤情况，要求每天按照上午、下午进行填写。

（2）如实反映本部门考勤中存在的问题。

（3）妥善保管各种休假凭证。

（4）及时汇总考勤结果，月末将本部门领导签字盖章的考勤表（一式两份）上交人力资源科一份，存档一份。

二、请销假管理

（1）员工因病或有事不能按时上班的，应该事先请假。如不能事先请假的，可用电话、口信等方式请假，事后补假条。如果假期不够应提前办理续假手续。

（2）员工请假天数按处内规定统一执行。

（3）员工假满上班后要向主管领导销假。

第四节　工程施工与调度运行管理

工程施工与调度运行密不可分，工程施工必须在保证安全输水的前提下才能进行，调度人员必须随时掌握辖区范围内的施工和机组运行、检修情况，把安全输水放在第一位，主要体现在以下六个方面。

（1）工管、运行部门在辖区内有施工任务，要在开工前3天内将开工报告报送水管科。

（2）工管、运行部门在施工中需要控制水位或停水，要向水管部门写出书面报告，说明具体原因，经工管科主管处长和施工单位负责人签字、批准报送水管科。

（3）水管科按照开工报告或施工报告，根据情况及时与主管处长汇报、说明所报的情况，拿出调度方案，经主管处领导审定、签字，水管科长签字后，向引滦工管处水管科报告情况，加强沟通协助，既保输水又保工程。

（4）工管、运行部门所报的各项报告，每个调度岗人员必须详细了解情况，待与引滦工管处水管科各项事宜以书面报告的形式或电话沟通的形式协调完毕，调度人员及时将各项报告和反馈情况报告归档。

（5）调度岗人员在各项工程施工期间要深入现场，了解施工现场情况，发现问题及时与施工单位及运行部门沟通，把问题解决在萌芽状态，以保证运行、施工两不误。

（6）调度岗人员在与上级主管部门和相关部门协调施工、运行、停水事宜时，要按规定使用录音电话，并作好详细记录。